Frauke Kröger

Zum Frisör nach Kasachstan
oder
Wahre Helden leben leise

edition winterwork

Bibliografische Informationen der Deutschen Nationalbibliothek:
Die Deutsche Nationalbibliothek verzeichnet diese Publikation in der Deutschen Nationalbibliografie. Detaillierte bibliografische Daten im Internet über http://www.d-nb.de abrufbar.

Impressum

Frauke Kröger, »Zum Frisör nach Kasachstan
oder Wahre Helden leben leise«
www.edition-winterwork.de

Satz: Frauke Kröger
Umschlag: Frauke Kröger
Druck und Bindung: winterwork Borsdorf

ISBN 978-3-96014-700-8

Zum Frisör nach Kasachstan
oder
Wahre Helden leben leise

Eine Reise mit nur einer Regel,
wenigen Prinzipien und sehr vielen neuen Erkenntnissen

Frauke Kröger

edition winterwork

für

einen der wenigen wirklichen Helden,
der in Tschernobyl für den Rest der
Welt aufgeräumt hat,

für

seine ganze Großfamilie

für

alle Russlanddeutschen

und

ganz besonders für sie…

1

Sie ist bildhübsche zwanzig Jahre jung, schaut fasziniert aus dem kleinen, ovalen Fenster und kann nicht fassen, wie sich so viel Gewicht einfach von der Erde löst. *Mit all den Koffern und den Menschen und dem ganzen Stahl*, *aus dem das Flugzeug gebaut ist*, *einfach so!*..., wobei sie nach harten Verhandlungen nicht, wie beabsichtigt, mit drei Koffern plus Handtasche auf Reisen geht, sondern mit nur einem Koffer und einem Rucksack... Zwei der Gründe dafür, dass wir Turkish Airline mit Zwischenstopp in Istanbul gebucht haben... Erstens starten und landen wir beide nämlich so gern und zweitens dürfen wir jeder 40 Kilo Gepäck mitnehmen... Auch ich kann es nicht fassen. Das mit dem Moment des Abhebens und dass sie mich mitnimmt...

Wir fliegen nach Nur Sultan, und als wir an einem dunklen Novemberabend die Tickets in einem Reisebüro kauften, welches das Wort *Spelunke* nicht einmal annähernd beschreibt, hieß Nur Sultan noch Astana. Mich irritiert der Wechsel, zumal ich das Wort seit zwei Nächten so auszusprechen versuche, dass man mich versteht, falls ich gefragt werde, wo ich hin will. Kann ja passieren... Sie hingegen ist da ganz flexibel. Die Stadt wurde schon so oft umbenannt, dass ihre Oma sich zwei der Zwischen-Namen gar nicht gemerkt hat. Wir fliegen also nach Nur Sultan, genauer gesagt zu ihrem Frisör, da, wie sie mir ebenso wortreich wie überzeugend auseinandersetzte, die deutschen Frisöre nicht die leiseste Ahnung haben, was gerade *in* ist. Außerdem will sie unsere Füße unbedingt einer Fischpediküre aussetzen, was, wenn ich es richtig verstanden habe, bedeutet, dass einem viele kleine Fische die Füße anknabbern, bevor sie hübsch gemacht werden, also die Füße, nicht die Fische...

Eine Win-Win-Situation, erklärt sie begeistert: *Die Fische fressen sich an den Schuppen der Füße satt, die mögen sie nämlich, und unsere Füße werden weich und schön.*

Ich wage nicht zu fragen, was so etwas kostet, denn spätestens als sie uns vorhin mit 200 Stundenkilometern zu lauter, russischer Musik singend zum Flughafen fuhr, habe ich beschlossen, mich ihr und meinem Schicksal widerspruchslos zu überlassen... Das war heute Morgen um halb sechs. Geschlafen hatte sie noch nicht... Ich habe auch gar keine andere Wahl, denn schließlich habe ich im entscheidenden Moment *ja* gesagt, ohne auch nur eine Millisekunde nachzudenken... Und dann war es zu spät fürs Denken, weil ihre Augen vor Glück strahlten. Kurz darauf hatte ihr Opa bereits in Turgenevka angerrufen und angekündigt, dass wir zusammen dorthin kommen, und ihre Verwandten wollten als erstes wissen, was und wieviel ich trinken kann. *Auf Reisen keinen Tropfen Alkohol*, brachte ich mühsam hervor, als mein Verstand seine Arbeit wieder aufnahm, woraufhin mich einer ihrer *Was-ist-denn-das-jetzt*-Blicke traf, und ich zu begreifen begann, dass ich vielleicht doch schon zu alt bin…

*Schlaf doch erst einmal eine Nacht drüber, und wenn Du mir morgen früh sagst, dass ich dir viel zu alt bin, darfst du es ruhig sagen…*aber da war es bereits zu spät…

Und nun sitze ich also neben ihr im Flugzeug, und um es gleich vorweg zu nehmen: Noch nie in meinem ganzen Leben habe ich von einem einzigen

Menschen in drei Wochen so viel gelernt wie von ihr!

2

Es wird dunkel, sie tippt und wischt auf dem Bildschirm vor ihrem Sitz herum, stöpselt Kabel in die dafür geeigneten Löcher und widmet ihre Aufmerksamkeit dem Film ihrer Wahl. Zwar habe ich versucht, bei ihr abzugucken, wie das geht, aber sie ist einfach zu schnell.

Also, nur um nichts Wesentliches zu verschweigen: Da in meinem Leben bisher ungefähr nichts normal verlief, habe ich den Anschluss ins digitale Zeitalter schlicht verpasst. Ich bin nicht nur bekennende Monotaskerin, kann also definitiv nur eine Sache zur Zeit, sondern obendrein auch noch digitale Analphabetin, was allerdings niemand weiß, denn ich vertusche es, so gut es eben geht, weil es mir furchtbar peinlich ist. Nach ein paar Minuten trifft mich seitlich einer ihrer sichtlich irritierten *Das-kann-doch-wohl-jetzt-nicht-wahr-sein*-Blicke, und ich fühle mich durchschaut. Glücklicherweise ist sie viel zu taktvoll, um zu sagen, was sie denkt. Stattdessen fragt sie, welchen Film ich sehen will.

Ja, was gibt's denn so im Angebot?

Sie tippt und wischt auf meinem Monitor herum und es erscheint eine beachtliche Anzahl neuester Filme, von denen ich mir einen aussuche. Lächelnd macht sie, dass er startet, und wendet sich wieder dem eigenen Bildschirm zu. Blöderweise höre ich nichts, weil ich nicht weiß, wie man die Ohrstöpsel mit dem Film verbindet. Vergeblich versuche ich es in sämtlichen Löchern am Vordersitz, bis sie mir geduldig lächelnd alles aus der Hand nimmt und macht, das alles gut wird. So ist sie. Einfach bezaubernd…

Irgendwann gegen Mitternacht irgendwo auf Höhe des kaspischen Meeres nimmt sie ihre Kopfhörer ab und erinnert mich daran, dass ich versprochen hatte, jenseits der Sicherheitskontrollen Russisch zu lernen. Nun werde es allmählich wirklich mal Zeit, denn in gut zwei Stunden sollen wir landen. Sie hat natürlich Recht. Nur mit *spassiba* und *Nur Sultan* werde ich auf Dauer nicht klarkommen.

Also gut. Womit fangen wir an?

Zdravstvujtje. Menja zavut…, sprudelt sie melodisch hervor.

??? Nochmal langsam!

Zdravstvujtje. Menja zavut…

Langsamer! Meine Ohren kriegen da keinen Anker rein! Leise Panik schleicht sich in meine Kehle.

Nun höre ich gaaaaanz genau zu und verstehe:

Strass-vuit-je-Minja-savut…

Okay, ganz locker bleiben, ich brauche nur ein paar Eselsbrücken. Hat ja im Arabischen auch funktioniert. *Schukran*, das arabische Wort für *Danke* beispielsweise, ist in meinem Kopf zusammen abgespeichert mit dem Bild eines gelben Baukrans, an dessen Seil braune Schuhe baumeln. Klappt prima. Also assoziiere ich: *Strass* = Glitzerschmuck, *vuit* = französisch *ja* nur mit V und hinten ein T dran, *Minja* = Fundamentalistenhochburg in Mittelägypten, savut = *Salut* nur mit V statt L

Strassvuitminjasavut! Stoße ich unter Abspulen der Bilderfolge hervor. Geht doch!

Geht nicht! Korrigiert sie. *Menja, nicht Minja! Menja wie Männer auf Englisch plus ja auf Deutsch. Davor noch je.*

Alles klar: In meinem Kopf wandelt sich das Bild der mittelägyptischen Fundamentalisten zu britischen Gentlemen mit Schirm, Charme und Melone. Davor je, also der Anfang von jetzt, nur ohne den Rest.

Strassvuitjemenjasavut… Sie nickt zufrieden. Ich wüsste gern, was das bedeutet.

Guten Tag. Ich heiße… Deinen Namen weißt Du dann ja wohl selbst.

Sie lacht mit der Leichtigkeit ihrer Jugend, während mir dämmert, dass es geeignetere Altersstufen gibt, eine Fremdsprache zu lernen als die meine.

Als sie sich wieder in ihren Film vertieft, lerne ich auswendig… Immer dieselben Bilder in immer derselben Reihenfolge: Glitzerschmuck, französisch ja, vorne mit V und hinten mit T, dann nicht die Fundamentalisten, sondern die

Gentlemen, dann ja auf Deutsch und schließlich Salut ohne L mit V. Und dann meinen Namen... Halt, irgendwo noch den Anfang von *jetzt* einbauen. Wo war das nochmal? Genau, ich hab's wieder: Bei den Briten. Aber wo? Davor! Ja, so war's. Mein übermüdeter Kopf raucht!

Strassvuitjemenjasavut...

Gegen halb zwei in der Frühe landen wir in Nur Sultan, und das erste, was mich durchströmt ist der multiaromatische, köstliche Steppenduft.

Am Terminal begrüßen uns Vika, Igor und deren vielleicht siebenjähriger Sohn Jarislav. Sie haben sich fein gemacht. Um diese Zeit. Extra für uns mit Jackett und Blazer...Herzlichste Begrüßung mit allem Drum und Dran, dann:

Strassvuitmenjejasavut... Verflixt, irgendwas stimmt nicht, kam jetzt noch was, oder schon mein Name??? Irgendetwas war verdreht...Geduldige Blicke. Immerhin scheint man zu erkennen, dass das Russisch sein soll... Dann plötzlich Schwärze in meinem Kopf. Nix mehr da! Alles weg... Totaler sprachzentraler Systemabsturz! ES CE HA!

Sie betrachtet mich mit einem forschenden *Geht's-denn-noch?*-Blick und flüstert mir dann ebenso unauffällig wie fürsorglich meinen Namen zu. So ist sie. Einfach hinreißend ...

Nach einer nächtlichen Stadtrundfahrt bei lauter russischer Musik und noch lauterer russischer Unterhaltung durch die buntbeleuchtete, surreal bebaute Hauptstadt Kasachstans, wie auch immer sie zur Zeit heißen mag, fallen wir im Morgengrauen schachmatt in die Betten.

3

Beim Frühstück in der lila Küche überdenke ich meine Strategie und beschließe anstelle von Sätzen erst einmal Wörter zu lernen, was nicht weiter schwierig ist, zumal ich Jarislav gestisch und mimisch vermitteln kann, dass er mir die Namen der Dinge sagen soll, auf die ich zeige.

Käse = Sir (Englisch: Sir, nur sprechen, wie man's schreibt!)

Tomate = Pomidor (Italienisch: Spaghetti pomidori)

Brot = Chleb (schwierig, mir fällt spontan nichts ein, dann aber: wie Khaled, der syrische Musiker, nur einsilbig und hinten ein Legastheniker-d, also ein b)

Okroschka = (äußerst leckere kalte Suppe, unbedingt merken!!!) wie Piroschka, Franks Lieblingsfilm, nur mit A, dem obersten Buchstaben des

Alphabets, vgl.: oberstes, weil leckerstes Gericht auf der inneren russischen Speisenkarte.) Und gleich dazu:

Lecker = fkusna (wie Fukuschima, nur weniger u und stimmhaftes s statt sch)

Kartoffeln = Kartoschka (wie im Deutschen, dabei aber an altägyptische Kartuschen denken!)

Olive = Olivka (wie bei uns, muss nur ein bisschen nach dem Kallinka-Lied klingen)

Ridiska = ist ja wohl logisch! (Die Kalinka-Rhytmen durchklingen bei dreisilbigen Wörtern, die in der Mitte ein i haben und auf *ka* enden bereits ungefragt mein Tanzzentrum im Gehirn! Olivka tanzt mit Ridiska vor meinem inneren Auge im Zwei-Vierteltakt vorbei) Dabei stoßen sie an mit…? Genau:

Wasser = Woda (wie Wodka ohne K, damit Olivka und Ridiska nicht vor Trunkenheit stolpern…)

So allmählich beginnt das Russischlernen Spaß zu machen!

Man staunt, wie viele Wörter ich bereits beim ersten Frühstück gelernt habe! Tiefgeschmeichelt beschließe ich, bis auf weiteres bei meiner neuen Strategie zu bleiben.

Nun dreht Jarislav den Spieß um. Er zeigt auf den Gegenstand und ich soll die russischen Wörter sagen. Klappt prima, bis auf den Käse, denn da funken mir aus nächtlichem Hinterhalt die englischen Gentlemen von gestern Abend dazwischen und verdrängen den Sir.

Men, sage ich in der sicheren Überzeugung, in fließendem Russisch von Käse zu sprechen.

Jarrislav schüttelt grinsend seinen Kopf und korrigiert in fließendem Englisch:

Cheese!

Nachmittags machen wir uns hübsch für das abendliche Familientreffen. Sie trägt ein langes, weißes Kleid mit blauen und roten Blumen, und ihr Lippenstift passt farblich perfekt. Bevor wir losfahren, gehen wir durch das Neubaugebiet von Alexandravka, einem weitläufigen Vorort von Astana, der an einem Fluss liegt, und genau zu dessen Ufern möchte sie. Zum Fotoshooting. Von allen Seiten, in vielen Posen aus unterschiedlichsten Perspektiven. Schließlich ist sie eine Augenweide… Überhaupt beobachte ich, dass sie sehr gern fotografiert. Wenn ich es recht bedenke, macht sie eigentlich von allem Fotos, was nicht ausgesprochen hässlich ist (mit einer Ausnahme, aber die kommt später). Sogar den durch seine lebensgefährliche Anordnung einer Überfülle von Kabeln beeindruckenden Strommast lichtet sie ab. Irgendwann wird mir klar, dass sie mit dem in Deutschland lebenden Teil ihrer Familie jeden Anblick und jeden Augenblick dieser Reise teilen möchte. Ihre Eltern und ihr Bruder waren seit 20 Jahren nicht mehr hier. *Der Großvater meiner Mutter ist an einem Stromschlag gestorben*, erklärt sie, als ob sie meine Gedanken lesen könne. *Und die Stromleitungen sind immer noch nicht besser…Pass bloß auf, dass Du nirgends gegenkommst!* Jetzt erst bemerke ich, dass ungefähr alle der zahllosen Strommasten mit losen Kabeln behängt sind wie bei uns die Weihnachtsbäume mit Lametta. Manchmal britzeln sie knisternd vor sich hin. Ein bisschen unheimlich ist das schon. Die Häuser dagegen sind bestens gesichert. Vor Blicken geschützt durch hohe Mauern, bewacht von furchteinflößend bellenden Kettenhunden. Da wir uns nicht auskennen und ein wenig verlaufen, müssen wir an einem besonders großen Hund vorbei, der uns genauestens im Blick hat. Um ihn sanftmütig zu stimmen, erzählen wir ihm freundlich säuselnd alles Mögliche auf Deutsch, während wir unseren Füßen beim Gehen zuschauen. Aus den Augenwinkeln sehen wir, dass er unseren Ausführungen interessiert lauscht und darüber das Knurren und Bellen vergisst. Offenbar hat er noch nie Deutsch gehört.

Ich freue mich so darauf, Barboss wiederzusehen. Das ist der Hund meines Onkels. Vor dem hatte ich zuerst richtig, richtig Angst, weil hier ja alle Hunde Kettenhunde sind, aber irgendwann hab ich mich getraut, ihn zu streicheln, und dann sind wir Freunde geworden. Ich habe ihm sogar Leckerli aus Deutschland mitgebracht. Vielleicht erinnert er sich ja noch an mich.

Bevor wir uns auf den Weg in ihr Dorf machen, konsultiere ich das Plumpsklo im Garten. Nicht, dass es nicht drinnen auch eine normale Toilette gäbe, eine sehr schöne sogar, aber das ist eher eine für nachts. Und das mit der in Deutschland üblichen Wasserspülung ist das so eine Sache, denn das Wasser ist knapp, und man improvisiert. Bei 50 Grad Kälte hat natürlich niemand Lust, nachts nach draußen zu gehen. Da erfüllt sie also voll und ganz ihren Zweck, aber es ist ja nun Sommer. Also draußen. Und, um es gleich ganz klar zu sagen: Dieses Örtchen ist ganz sicher das unkomplizierteste und sauberste seiner Art: Ein Loch im Holzboden, der blitzblank gescheuert ist, keinerlei Geruchsbelästigung, weil das Dach so konstruiert ist, dass der Wind oben durch pfeift, also nur oben, drinnen ist es geradezu gemütlich windstill, und dazu der wunderbare Steppenduft. Einfach genial!

Auf der Fahrt durch die Steppe bitte ich sie, mir die Benimmregeln beizubringen, damit ich nichts falsch mache. Sie lacht: *In Kasachstan gibt es nur eine Regel, und die lautet: Es gibt keine Regeln. Darum fühle ich mich hier ja so wohl*.

Über die unbefestigte Dorfstraße erreichen wir das Haus ihrer Großtante Natascha und deren Mann Juri. Er erwartet uns bereits draußen und heißt uns in seinem Haus willkommen.

So leben wir, übersetzt sie. *Er hatte schon so viele Gäste aus so vielen Ländern, aber Du bist die erste echte Deutsche in seinem Haus.*

Wir schauen uns an, und während ich mein Sprüchlein vom Glitzerschmuck bis zum T von Salut mit V hoffentlich fehlerfrei aufsage, erkenne ich, dass auch er ihre Fähigkeit hat, ganze Botschaften in einem einzigen Blick zu formulieren. Fast verpasse ich über dieser Erkenntnis wieder den richtigen Augenblick, meinen Namen zu sagen, aber dank ihres ebenso eindringlichen wie unmissverständlichen *Du-bist-jetzt-dran-mit-Namen-sagen*-Blickes, kriege ich glücklicherweise gerade noch die Kurve. Alles andere wäre auch zu peinlich, denn genau in diesem Augenblick wird mir schlagartig klar, welche Verantwortung ab sofort auf uns ruht:

Wir repräsentieren 80 Millionen Deutsche!

Die Familie arbeitet sich unter Begrüßungen, Umarmungen, Erzählungen und Schuheausziehen weiter vor ins Innere des weißen Häuschens mit den himmelblauen Fenstern. In der Küche wartet Natascha, die zur Begrüßung aufsteht, obgleich ihr offensichtlich jeder Schritt Mühe und Schmerzen bereitet. Später erzählt sie von der katastrophalen medizinischen Nichtversorgung, von

Operationen ohne Narkose(-Mittel), und Behandlungen, die mich sprachlos machen.

Die Tische biegen sich unter duftenden, warmen und kalten Leckereien, zu denen jeder, der kommt noch welche dazustellt. Und es kommen alle! Nicht alle gleichzeitig, sondern jeder wie es eben passt. Aber dennoch verliere ich allmählich den Überblick über die Großfamilie und rette mich mit meinem Sprüchlein einschließlich Namen und *spassiba*, denn das passt immer. Denkste! Juri durchschaut meine Taktik und erklärt irgendetwas in wohlwollendem Tonfall, auf das er offensichtlich eine höfliche Antwort von mir erwartet, die ich selbstverständlich nicht schuldig bleiben will. Schließlich repräsentieren wir achtzig Millionen Deutsche! *Spassiba*. Allgemeine Heiterkeit. Glucksend übersetzt sie, dass er mich gefragt hat, ob ich mithelfen wolle, einen Reifen zu wechseln.

Während des Essens, das aus mit verschiedensten Füllungen zubereitete Teigteilchen in allen nur denkbaren Formen, kasachischen Manty, also Teig mit Fleisch sowie Fleisch, Brot, Fisch, Kaviar, Schaschlik, Salaten, Soßen, Süßigkeiten, Cola, Saft, Wasser und Wodka besteht, bemerke ich, das hier bis auf uns alle wasserblaue Augen haben, die mich freundlich-befremdet mustern, wenn ich den Wodka dankend ablehne (mit einem tapfer lächelnden *njet, spassiba*) und die Variante ohne K bevorzuge. Als ich aber irgendwann erfolgreich zum Ausdruck bringe, dass das, was ich gerade esse, *fkusna (*Sie erinnern sich, Fukuschima, mit weniger u und s statt sch, lecker*)* sei, erläutert mir Natascha ihrerseits erfreut lächelnd in fließendem Russisch vermutlich, was das ist. Um die gelingende Unterhaltung nicht abbrechen zu lassen, mache ich Flatterbewegungen mit den

Ellenbogen und frage *Bock, bock, bock*? Schallendes Gelächter. Genau! Es handelt sich um Hühnchen.

Nach dem Festmahl stellt sich Natascha an die Spüle, dem einzigen Waschbecken im Haus, um abzuwaschen. Nur mit Mühe gelingt es uns, ihr unmissverständlich klar zu machen, dass wir das tun werden. Jetzt und so lange wir hier wohnen, denn unsere Knochen sind gesund, und außerdem wissen wir, was sich gehört, ganz abgesehen davon, dass ... Genau: Schließlich repräsentieren wir achtzig Millionen Deutsche.

Anschließend beziehen wir ein gemütliches Gästezimmer, wobei man sich entschuldigt, dass wir eine Nacht in einem Zimmer schlafen müssten, da Vika, Igor und Jarislav im Wohnzimmer auf dem Sofa übernachten. Es ist wunderbar zu sehen, wie in diesem Haus für alle Platz geschaffen wird, die bis morgen bleiben wollen. Und es ist wunderbar zu spüren, wie wohl sie sich fühlt, hier im Haus ihrer Familie, in der es nur die einzige Regel gibt: Es gibt keine Regeln.

Nun angelt sie die Leckerli für den Hund aus dem Gepäck und nimmt mich mit zu den Tieren hinter dem Haus. Dort döst an der Kette ein hübscher, kniehoher Hund zwischen Hühnern und Enten in der Sonne.

Barboss, ich hab Dir was mitgebracht, sie mal.

Augenblicklich springt ein restlos glückliches wolliges Wesen winselnd und wedelnd an ihr empor und überschüttet sie grenzenloser Hundeliebe, die sie zärtlich knuddelnd erwidert.

Er hat mich wieder erkannt, lächelt sie stolz.

Am späten Abend gehen wir mit Vika und Igor in die Bar, dem Mittelpunkt des Nachtlebens in Turgenevka. Unterwegs überholt uns ein fahrtüchtiges, aber ganz sicher TÜV-untaugliches Auto, unklaren Alters. Darin sitzen bereits Kolja und Lena, die uns auffordern einzusteigen, und wie im Haus, so ist auch in diesem Auto Platz für alle, die mitfahren wollen, über- und untereinander, aber die Tür geht schließlich doch irgendwie zu.

Die Bar, ein schlichter, hell getünchter Raum mit sechs Küchentischen, drum herum stehenden Küchenstühlen und einer Theke, ist menschenleer, und soll gerade geschlossen werden, weil keiner gekommen ist. Das wird natürlich nicht akzeptiert, und kurz darauf sitzen wir bei dröhnender russischer Musik vor unseren Gläsern sowie Gurken, Chips und Fleisch, das Vika und Igor ganz schnell aus dem offenbar immer geöffneten Dorfladen holen. Mir wird glaubhaft versichert, dass es sonst immer Schaschlik und Chips in der Bar gibt, denn sonst könne man ja gar nicht so viel Wodka trinken und tanzen, und mit einem vielstimmigen *Bock, bock, bock*… und allgemeinem Flügelflattern schiebt man mir lachend die Hühnchenflügel rüber. Irgendwann kommen noch andere Gäste, irgendwann fangen wir an zu tanzen, und irgendwann beginnt die Musik, mir zu gefallen. Es macht einen unglaublichen Spaß, in einer kleinen Bar in einem kleinen Dorf mitten in der zentralasiatischen Steppe nach lauter, russischer Musik zu tanzen, und wir tanzen und tanzen, tanzen so lange, bis man uns zu später Stunde ebenso freundlich wie unmissverständlich rauswirft.

Unter einem unfassbar klaren Sternenhimmel taumeln wir gegen zwei Uhr über die unbeleuchtete, rabenschwarze Dorfstraße zurück, und treten dabei mehrfach in

Kuhfladen. Aber das macht nichts, denn gleichzeitig schauen wir die Milchstraße an und wünschen uns etwas, weil eine Sternschnuppe nach der anderen über den Himmel fegt…

4

Nach vier Stunden Schlaf weckt sie mich mit einem panischen *Fuck! Wir haben verschlafen! Steh sofort auf, Valera ist da und nimmt uns mit zu den Pferden. Er darf aber auf keinen Fall zu spät kommen… Zähneputzen fällt aus, Kaugummi muss reichen!*

Wir springen in die Jeans, stolpern stiefelanziehend nach draußen, während wir die Pullover über die Köpfe zerren und binden die Schnürbänder erst zu, als wir bereits in atemberaubenden Tempo zu lauter Russenmusik durch die Steppe rumpeln. Mal auf Wegen, mal querfeldein.

Über einen Hügel galoppiert eine Herde Wildpferde mit vielen Fohlen mehrerer Jahrgänge unter einer Staubwolke heran. Reiter treiben sie in eine Umzäunung, wo sie eingepfercht wird. Wir steigen aus, öffnen das Gatter und gehen hinein. Man sucht ein bestimmtes Tier, findet dasselbe und einer der Männer versucht, den schönen Braunen mit einer Schlinge an einer Angelrute einzufangen. Bis das gelungen ist, donnern tausend respekteinflößende Pferdhufe unmittelbar um uns herum. Ob wir denn gar keine Angst hätten, wird sie gefragt. *Ich habe Nein gesagt. Du hast doch auch keine Angst, oder?* Dann fotografiert und filmt sie strahlend vor Glück weiter. Nun gibt Valera dem eingefangenen Pferd eine Wurmkur ins Maul, denn dieses hat sich seine kleine Tochter Nellja als Reittier auserkoren. Bis es zu ihnen in den Stall kommt, darf das Pferd weiter in seiner wildlebenden Herde mitlaufen. Die anderen haben weniger Glück, denn sie werden, wenn die Zeit reif ist, zum Schlachter gebracht. Bis dahin aber haben sie ein freies und, wie ich finde, kein schlechtes Leben. Bevor die Pferde auf die Steppe zurück dürfen, fragt man uns höflich, ob wir vielleicht reiten möchten …

Valera fährt uns weiter zu einer Quelle, Rodniki, so heißen die viel besungenen Quellen Kasachstans, aus welcher wir eiskaltes Wasser trinken. Er erzählt von früher, wie er mit ihrem Vater die unglaublichsten Geschichten erlebt hat. Um sich der Mutproben zu erwehren, die sein Cousin von ihm verlangte, hatte Valera jenen ungeachtet der zu erwartenden Rache mit faulen Eiern beworfen, und Mut spielte schon immer eine wesentliche Rolle im Leben der Familie Held. Zum Beispiel war ihr Vater als Junge zunächst von einem Bus gesprungen, was mutig war, aber wohl nicht sehr weh getan hatte, denn bald darauf verfeinerte er seine Sprunggelüste dahingehend, dass er, mit einem aufgespannten Regenschirm (!) ausgestattet, vom Dach der zwölf Meter hohen Dorfschule sprang, denn auch der siebenjährige Juri Held träumte den ältesten Traum der Menschheit: Er wollte fliegen. Die Landung im fünfzig Zentimeter dicken, vereisten Schnee dürfte erheblich schmerzhafter gewesen sein, denn man fuhr den kühnen Springer tags drauf in die Stadt zum Arzt. Dessen Frage nach seinem Befinden fand der sonst so unerschrockene Junge jedoch derart furchteinflößend, dass er sich, ohne ein Wort zu sagen, umdrehte und so aufrecht wie möglich floh. Der Arzt befand dann, dass es so schlimm nicht sein könne. Sie übersetzt das alles und versichert stolz, ein Held ohne t überlebe alles. Die beiden lachen in einer Vertrautheit, die davon zeugt, dass sie eine gemeinsame

Geschichte haben, in der sie sich wohlfühlen... die Geschichte ihrer Familie, der Familie Held ohne t... und die hatte durchaus auch ungemütliche Phasen.

1764 nahmen sie wie viele andere, vorwiegend süddeutsche Familien die Einladung Katharina der II. an und bauten sich ein Leben in Russland auf, wo sie fruchtbares Land kultivierten und die deutsche Kultur verbreiteten, ganz so, wie Katharina die Große sich das vorgestellt hatte. Soweit war alles noch schön und gut. Dann deportierte Stalin sie jedoch im 2. Weltkrieg nach Sibirien, Kasachstan und in andere unwirtliche Gebiete seines Reiches, um zu verhindern, dass sie mit der Wehrmacht kollaborierten. Die Helds ohne t landeten inmitten von Straf-und Kriegsgefangenen in der kohlereichen Steppe um Karaganda, und mussten härteste Arbeit verrichten. Da aber Helds ohne t wirklich alles überleben, konnten sie sich später aus dem Nichts in Turgenevka eine Existenz aufbauen. Sie waren überwiegend Bauern, konnten aber auch alles andere, ganz einfach, weil es erforderlich war.

Dieses Dorfleben war ganz sicher nicht nur romantisch, schon gar nicht für ihre Mutter, eine Musiklehrerin mit ebenfalls russlanddeutschen Wurzeln. Sie hatte ihrem Mann, einem handwerklichen Universalgenie, das Versprechen abgenommen hatte, Turgenevka irgendwann zu verlassen. Wie ernst es ihr damit war, begriffen ihre Großeltern jedoch erst, als die junge Frau nach acht Jahren Nägeln mit Köpfen machte und die für die Ausreise erforderlichen Papiere besorgte. Außerdem begannen ihre Eltern, mit allem zu handeln, was sich gewinnbringend verkaufen ließ. Und so kam es, dass sich von dem Ersparten und dem Erlös des Hauses Ende der Neunziger Jahre sieben

Helds ohne t auf die lange Reise nach Deutschland machten: nämlich ihre Großeltern, ihre Eltern, die Schwester ihres Vaters, ihr großer Bruder und sie selbst. Ein Jahr und drei Monate war sie damals alt. Sie hatten so gut wie nichts dabei außer der Entschlossenheit, sich in einem fremden Land eine neue Existenz aufzubauen, denn das hatten schließlich schon andere vor ihnen geschafft. Damals 1764 und dann nach dem Krieg. Das erste Haus, das man ihnen im nördlichsten Bundesland zuwies, *war älter als Mozart*, erzählt sie. Und nun, 20 Jahre später, haben sie ihr eigenes Haus. Groß, schön und mit der modernsten Toilette der Welt, eine, die sich selbst entlüftet. Ihr Vater und ihr Bruder haben beide gerade ihre Meisterprüfung abgelegt. Ihre Mutter ist Organistin, Klavierlehrerin und Chorleiterin. Und sie selbst hat vor ein paar Wochen als Jahrgangsbeste ihren Abschluss gemacht. So sind die Helds ohne t, erklärt sie stolz.

Nach dem Frühstück in Nataschas Küche, bei dem wir uns mit Brot und Fleisch, Käse und Kuchen stärken, putzen wir endlich unsere Zähne. Am Wasserhahn in der Küche, wo sich alles abspielt, wofür Wasser gebraucht wird. Dann zieht es uns wieder hinaus. Sie führt mich als erstes zu dem Haus, in dem sie geboren wurde. Mit etwas Fantasie erkenne ich in dem unbewohnten Gebäude jenes liebevoll gestaltete Zuhause, das ich auf Fotos gesehen habe.

Diese Farbe hat mein Vater an die Fenster gestrichen... Durch die vergilbten Vorhänge versucht sie hinein zu schauen...*Hier ist mein Onkel geboren, und hier ist er auch gestorben. Mit 10 Jahren. Und mein Bruder hat hier im Garten seine Fische getrocknet, die er mit fünf Jahren heimlich im Fluss geangelt hatte. Er hat sich am Ufer in einem Busch versteckt, damit man ihn nicht findet. Aber aus dem Busch guckte immer seine selbstgebaute Angel heraus. Im Garten war ein Apfelbaum, richtig schön. Und zwei Birken, die mein Vater und mein Onkel gepflanzt hatten, als sie klein waren. Saschas Birke ist eingegangen, nachdem er gestorben war. Deswegen steht jetzt eine Birke auf seinem Grab. Und wir hatten Himbeeren, Kirschen, Kartoffeln, Zwiebeln, Tomaten, Gurken, Radieschen, Paprika, Wurzeln, Rote Beete, einen Stall mit Kühen, Enten, die meine Eltern selbst aufgezogen haben, Angoraziegen, eine ganze Familie sogar, und Schweinen und Heu für die Tiere und einen Schuppen mit Kohlen für Ofen. Wir waren richtige Selbstversorger…,* ergänzt sie nicht ohne Stolz. Wir gehen um das Haus herum, sehen auch hier in die Fenster.

Vielleicht stehen da noch Möbel von uns. Die konnten wir ja nicht mitnehmen. Ich habe genug Geld bei mir, um es zurückzukaufen… 250.- Euro. Mehr kostet es nicht… Stell Dir das mal vor, wie das wäre… Es könnte unser Ferienhaus sein, oder ich könnte hier eine richtige Bar einrichten … Eine moderne… Und abends kämen dann alle zu mir zum Tanzen…

Ein Kettenhund schlägt Alarm, der Nachbar kommt. Er kennt noch ihre Eltern und ihre Großeltern, und während sich die beiden unterhalten, frage ich mich, wie ernst es ihr ist, mit dem, was sie da gerade gesagt hat... Dann soll ich Fotos machen, mit ihrem Handy, das besser geeignet sei als meines, und ich ahne, dass sie diese Bilder, auf denen sie vor *ihrem* Haus steht, spätestens heute Abend an ihre Familie in Deutschland weiterleiten wird.

Über eine zusammengestückelte Brücke aus Brettern, Eisenplatten, Betonresten und Latten balanciere ich über den Fluss, der das ganze Land durchzieht und mit Wasser versorgt. Er ist so seicht und flach, dass sie ihre Flipflops aus dem Rucksack holt und hindurch watet. Sauber und eiskalt ist es. Übermütig lacht sie mitten im Fluss, als ihre Hosenbeine nass werden. Alles, was sie in Deutschland beschäftigt, scheint keine Rolle mehr zu spielen. Es ist ja auch so unendlich weit weg. Nun ziehe auch ich die Stiefel aus und wir setzen uns auf die am wenigsten schiefe Betonplatte der Brücke. Der warme Steppenwind spielt mit unseren Haaren und unsere Füße baumeln im langsam fließenden, leise murmelnden Wasser. Meine Seele hebt diesen wunderbaren Augenblick der Ewigkeit vorsichtig auf und legt ihn behutsam in die Sammlung meiner Kostbarkeiten.

Jenseits der Brücke führt ein Pfad in die nach Blumen und Kräutern duftenden Hügel. Sobki nennt man sie hier. Die Steppe ist nicht so flach, wie ich erwartet hatte, sondern immer wieder von Hügelketten durchzogen, die einen hinauf locken, um noch weiter in die unendliche Freiheit dieses Landes schauen zu können. Es ist einfach unbeschreiblich schön, in diese Weite einzutauchen und sich gleichzeitig frei und geborgen zu fühlen. Von oben sehen wir einen Reiter, der eine Herde grasender Kühe bewacht. Über uns kreist ein Adler, dessen ausgebreiteten Flügel die Sonne zu tragen scheinen… Begeistert ruft sie: *Genau wie auf der kasachischen Fahne!*

Abseits des Weges legen wir uns ins Gras. Zu hören sind nur der Wind und die Grillen. Unter weißen Wolken, die über den blauen Himmel treiben, dösen wir in schwereloser Glückseligkeit vor uns hin…

Wir. Sind. Wirklich. In. Kasachstan... Irgendwann schlafen wir in der wärmenden Sonne ein...

Ohne irgendeine zeitliche Orientierung wache ich auf. Meine kleine, goldene Uhr, die sich schon lange nicht mehr reparieren lässt, trage ich nur, um mich daran zu erinnern, im Augenblick zu leben und jeden Tag so, als wenn es der letzte wäre. Ihre große, goldene Uhr zeigt die deutsche Zeit an, die nun mehrere Zeitzonen zurück liegt. Da mein Handy in Istanbul die dort gültige Zwischenzeit angezeigt hat, weiß mein vom Jetlag vernebeltes Hirn nicht mehr, wie viele Längengrade wir mittlerweile überquert haben. Auch der Stand der Sonne kann uns nicht helfen, weil die Himmelsrichtungen nicht auszumachen sind. So schlummern wir noch eine Weile weiter... Später erläutert sie mir ihre Zweifel an der Existenz der Zeit: *Vielleicht haben die Menschen sich das mit der Zeit nur ausgedacht, weil sie sie brauchen, um das Leben zu strukturieren*, überlegt sie. *In Wirklichkeit gibt es möglicherweise gar keine Zeit.*

Ja. Das sagt sie wirklich. Mit zwanzig Jahren… Ich kann es kaum glauben…

Irgendwo habe ich während des Studiums einmal gelesen, die Ewigkeit sei eigentlich das Gegenteil von Zeit. Nämlich das Jetzt, in dem Vergangenheit und Zukunft aufgehoben sind, antworte ich. *Ewigkeit ist also ein Jetzt, das nie vergeht. Ohne Zeit…*

Sie durchdenkt das ein paar Augenblicke …

Könnte gut sein… So ist sie. So jung und doch schon philosophisch.

Und weil sie vermutlich Recht hat mit ihrer Überlegung, dass wir Menschen die Zeit erfunden haben, um in unserem Leben den vermeintlichen

Überblick zu behalten, sehen Sie es mir bitte nach, wenn ich nun nicht mehr chronologisch vorgehe, denn die Chronologie ist, wie gesagt, sowieso nur eine Illusion. Viel entscheidender als das *Wann*, erscheint mir, *was* wir alles in einer einzigen Woche in Turgenevka erlebt haben:

5

Da war also der Abend, an dem Juri den Schweineeimer vergessen hatte. Er kam mit dem Bus nach Hause, in dem er immer morgens die Arbeiter auf die Felder fährt, ihnen mittags das warme Essen bringt und sie abends mit Abendessen versorgt, bevor er sie wieder abholt und nach Hause fährt. Die Reste des Essens werden in einem Eimer für Juris Tiere gesammelt, und genau dieser stand noch zu Hause. Also hatte er das gesamte Geschirr der Feldarbeiter wieder mitgebracht, um es nun eigenhändig auseinander zu nehmen, zu leeren und wieder zusammenzuschrauben. Da er ein vielbeschäftigter Mann ist, der ständig etwas zu tun hat, fehlte ihm dafür aber die Zeit, und so machten wir uns ans Werk. Ein ziemlich verzwicktes Werk, denn, wenn wir drei oder vier dieser Behältnisse auseinander und wieder zusammengebaut hatten, war meist irgendein Teilchen der überaus durchdacht konstruierten Geschirr-Besteck-Behälter übrig, das nirgends zu fehlen schien und auch nirgends hinein passte. Also mussten wir von vorn beginnen, bis das Geduldsspiel aufging. Zur Rettung unserer konstruktiven Ehre sei gesagt, dass uns die Handhabung der letzten zehn von vielleicht dreißig Konstrukten bereits fast routiniert gelang. Juri freute sich darüber, und als alle Arbeit getan war, lud er uns in seinen Schuppen ein. In diesem steht unter anderem ein Schränkchen, aus welchem er eine Flasche Wodka hervorzaubert. Der sei das Geheimnis seiner Gesundheit, lässt er verlauten. Alkohol sei nämlich Medizin gegen radioaktive Strahlung. *Wie bitte?* Doch, doch! Er sei ja damals einer der ersten in Tschernobyl gewesen... Das sagt er ganz bescheiden. Nur so zur Erklärung, warum er Wodka trinkt. Und nur, weil er Wodka trinkt, lebe er noch... Ungläubig starre ich ihn an. Schlagartig habe ich wieder die Bilder vom April 1986 vor Augen, als die ganze Welt vor dem Fernseher saß, unfähig zu realisieren, dass tatsächlich ein Atomreaktor in die Luft geflogen war. Nackte Panik breitete sich mit dem Rauch der auf Europa zuwehenden radioaktiven Wolke aus, die mit dem ersten Regen ihre Strahlung über die Menschheit schütten würde. Die Jodtabletten waren im Handumdrehen ausverkauft, die Politiker versuchten vergeblich, alles zu verharmlosen, und als es dann regnete, holten die Mütter ihre Kinder ins Haus. So war es bei uns... Und hier? Hier in Turgenevka wusste man nichts von alledem. Am 9. Mai feiert die Familie Held ohne t den Geburtstag des kleinen Valera, als plötzlich Uniformierte im Wohnzimmer stehen und den 30jährigen Vater abkommandieren. *Juri Held mitkommen!* Nicht nur seine im siebten Monat schwangere Frau will wissen, was los ist. Kein Kommentar! Nichts! Man fährt ihn ins 3599 Kilometer entfernte Tschernobyl, wo bereits Löschzüge voller Rotwein stehen. Dort wird er rasiert, geduscht und mit Rotwein abgefüllt, was, wie man ihm erklärt, vor radioaktiver Strahlung schützt, und dann muss er sich als einer der ersten durch den Schutt der Trümmer wühlen, die nach der Explosion des Blocks 4 übriggeblieben sind. Ohne Schutzkleidung. Mit bloßen Händen... Einen Tag, ein paar Tage, eine

Woche, zwei Wochen… Tagsüber mit Rotwein, abends gibt es Wodka. Gegen die Strahlung. Aber das Chaos nimmt und nimmt kein Ende… Dann gelingt es ihm, einen Brief an seine Familie durch die Nachrichtensperre zu schmuggeln. Nach zwei Monaten darf er nach Hause, weil seine Frau ihre Tochter zur Welt bringen wird. Heute leben nur noch wenige von denen, die damals dabei waren. Und dass er noch lebt, lacht er, liegt am Wodka. Spät abends sitzen wir zu viert in der Küche, wo das Internet funktioniert und ich in den Googleübersetzer tippe, dass die Welt seine Geschichte erfahren sollte, denn er hat die Verantwortungslosigkeit der Politiker ausgebadet. Keiner von denen, die diese Katastrophe zu verantworten haben, hat mit aufgeräumt. Google ist so freundlich, die Übersetzung nicht nur in kyrillischer Schrift auszuspucken, sondern auch in lateinischer, und irgendwie verstehen Juri und Natascha nicht nur das, was ich nun auf Russisch vorlese, sondern auch das, was ich aus tiefstem Herzen meine. Was blieb uns allen erspart, weil er und seine Kollegen ihren Kopf dafür hingehalten haben…? Zwar vertrete ich nur achtzig Millionen Deutsche, verspüre aber irgendwie das Bedürfnis, diesem Mann im Namen der gesamten Menschheit zu danken. Und weil mir dafür die passenden Worte fehlen, stehe ich einfach auf, hole ein Glas aus dem Schrank, gehe an den Tisch zurück und gieße mir unter ungläubig staunenden Blicken einen Wodka ein. Einen mit K! Lachend stößt Juri mit mir an, ext sein Glas, und auch ich kippe den vermutlich 85prozentigen Trank gegen meine Lippen, die augenblicklich Feuer fangen.

Von den wahren Helden des Lebens erfährt man viel zu selten. Oder haben Sie gewusst, dass Juri Held als einer der ersten in Tschernobyl für Sie aufgeräumt hat?

6

In Turgenevka fallen wir auf wie bunte Hunde. Längst hat sich herumgesprochen, dass die Tochter von Elena und Juri Held da ist mit einer echten Deutschen unklarer Identität, vermutlich ihre Lehrerin.

Ein Großvater mit zwei Kindern begegnet uns, spricht sie an. Er kennt offensichtlich noch ihre Eltern und schenkt uns das Eis, was er gerade für seine beiden Enkel gekauft hat, die wohlgemerkt mit großen Augen daneben stehen, ohne zu protestieren.

Das können wir nicht annehmen!

Doch, doch, das müsst Ihr annehmen, beharrt er, *damit Ihr in Deutschland erzählt, dass die Kasachen ein freundliches Volk sind.*

Wir nehmen das Eis, packen es aus und beginnen es zu genüsslich zu verspeisen.

Fkusna, spassiba bolschoia.

Nun lächeln alle, der Plausch wird fortgesetzt und später winken sie und wir zum Abschied. Unglaublich, wie einfach Völkerverständigung sein kann... Schlemmend spazieren wir weiter und gelangen zu einem Platz, um den herum die wichtigsten Bauten des öffentlichen Lebens liegen, nämlich zwei kleine Läden, die Schule mit dem Sportplatz, eine Arztpraxis, die zur Zeit geschlossen ist, ein rosafarbenes Amtshaus, ein Kriegerdenkmal, das an die gefallenen Soldaten erinnert, und ein Club, in dem man früher Sport machen, trainieren und tanzen konnte. Dort haben sich ihre Eltern kennen gelernt. Den Mittelpunkt des Dorfes aber bilden zweifelsfrei die beiden großen, gemütlichen Schaukeln. Auf denen lassen wir uns nieder und träumen langsam nach vorn und wieder zurück dümpelnd vor uns hin. In der Nähe vertrödeln ein paar Jugendliche an einen Zaun gelehnt ihre Sommerferien.

Sie erzählt mir von einem Film, in dem es um den Kampf zwischen Gut und Böse, Macht und Ohnmacht, Freundschaft und Verrat und Krieg und Frieden geht. Die Geschichte endet damit, dass die Anführer der Guten die Bösen überlisten, die sich daraufhin versehentlich gegenseitig zerstören und somit den Weg zum Weltfrieden öffnen.

Eigentlich sind die Menschen anderen Völkern gegenüber doch freundlich und wollen Frieden mit ihnen. Nur gibt es immer welche, die ihre Macht ausnutzen und einen Krieg anzetteln, stellt sie fest.

Wir können gegensteuern, schlage ich vor.

Ja, aber das wird nie ganz reichen. Es wird immer wieder die geben, die Krieg wollen.

Sie traut der Möglichkeit des Weltfriedens nicht, kann es sich einfach nicht vorstellen…

Lassen wir das Ideal des Weltfriedens erst einmal offen und gehen einfach nur in die Richtung, so wie der Kasache, der uns das Eis geschenkt hat. Das reicht für uns.

Nachdem wir uns auf diesen Kompromiss geeinigt haben, erheben wir uns und schlendern weiter. Blitzschnell rennen die Halbwüchsigen zur Schaukel und besetzten diese. Überrascht begreife ich, dass sie zu höflich waren, uns zu stören, obgleich das offensichtlich ihr Sommerferienstammplatzt ist. Das tut mir Leid.

Was heißt Entschuldigung?, frage ich.

Iswinitje.

Ein Blick genügt, und wir haben uns verstanden. Augenblicklich gehen wir in den Laden und kaufen fünf Eiswaffeln, die wir an die völlig verblüfften Schaukelnden verteilen.

Iswinitje! Sie lachen, bedanken sich und sämtliche Herumstehenden, die alles genau beobachtet haben, lachen mit. Dann essen sie mit offensichtlichem Behagen das Eis. Als wir weiter gehen, winken sie und wir zum Abschied.

Jetzt haben wir hier in Turgenevka ganz sicher mehr für die kasachisch-deutsche Völkerverständigung getan als sämtliche Politiker zusammen! Einfach so…

Wann immer wir die Fünf in den nächsten Tagen treffen, begrüßen sie uns lachend.

7

Wer ist sie? Diese Frage beschäftigt sie. Und das mit Recht, denn sie ist so vielseitig. Die eine oder andere Seite ihrer Persönlichkeit hat sie bereits entdeckt und sich zueigen gemacht, indem sie diese als unumstößlich definiert. Zum Beispiel, dass sie eine Held ohne t ist, also keine Heldt, von denen es so viele wie Sand am Meer gibt, sondern eine der ganz einzigartigen, russlanddeutschen Familie Held ohne t . Dazu muss man wissen, dass dieser Name der einzig stabile in ihrer Biographie ist. In ihrer Geburtsurkunde steht zwischen ihrem deutschen Vornamen und ihrem Nachnamen noch ihr zweiter Vorname *Jurawna*, der sie als Tochter ihres Vaters Juri auszeichnet. Getauft aber ist sie auf den Namen Rufina, weil die russisch-orthodoxe Kirche ihren deutschen Vornamen nicht akzeptierte. Bei der Einreise nach Deutschland wiederum wurden sämtliche Familienmitglieder gezwungen, den zweiten Vornamen abzulegen, sodass in ihrem Reisepass nun lediglich der deutsche Vor- und Nachname stehen.

Eine weitere Seite hat sie vor ein paar Jahren mit einem Tattoo am Knöchel unauslöschlich gemacht. Für immer steht dort nun in Schönschrift der altgriechische Begriff *Logos*. Er bedeutet Wort, Sprache, das eigentlich Gemeinte. Und das Sprechen war in ihrem Leben nicht immer selbstverständlich. Sie hat bisweilen hart um die Worte ringen müssen. Mit dem Stottern. Das war wirklich kein leichter Kampf. Manchmal hat er sie stumm gemacht. Manchmal ging es irgendwie und manchmal ging es einfach so, denn das Stottern ist vollkommen unberechenbar. Aber eines Tages hat sie es an seiner verwundbarsten Stelle getroffen, nämlich an seinem verheimlichendem Tabu. Sie hat ihr

Stottern bei den Hörnern gepackt und enttabuisiert, indem sie jedem, der es hören oder auch nicht hören wollte, mitteilte, dass sie manchmal stottert. Genau seit diesem Augenblick sagt sie alles, was sie sagen will, genau dann, wenn sie es sagen will. Und wo sie schon mal dabei war, hat sie noch eins drauf gesetzt und sich den *Logos* eintätowieren lassen. Unwiderruflich.

Nun liebäugelt sie mit einem weiteren Tattoo. Irgendetwas mit Kasachstan soll es sein. So ganz genau hat sie es noch nicht vor Augen, fotografiert aber schon mal alle Muster, die sie vor die Linse kriegt, und das sind viele, denn die Kasachen schmücken alles mit wunderschönen Ornamenten: Häuser, Zäune, Tüten, Taschen, Schokolade, Schilder, Kleidung, Spielzeug, Messer…

Eines Abends sind wir bei ihrem Onkel Kolja, seiner Frau Lena und ihren drei Jungs eingeladen. Sie haben wunderbare Auberginen und Schaschlik für uns zubereitet. Kolja ist der geborene Schauspieler. Wenn er erzählt, reichen mir Mimik, Gestik und Sprachmelodie vollkommen, um stundenlang zuhören zu können, ohne mich auch nur einen Augenblick zu langweilen, obgleich ich selbstredend kein einziges Wort verstehe. Dieses Talent und seinen angeborenen Witz hat er seinem Sohn Marlen vererbt, dem mittleren und frechsten der Kinder. Man kann ihm seine unzähligen Streiche niemals übelnehmen, weil er ebenso charmant wie lustig ist und sich im nächsten Augenblick so vorbildlich benehmen kann, wie seine ruhigeren Brüder.

Sie übersetzt, dass ihre Mutter früher seine Lehrerin war. Damals hatte er für alles Mögliche Interesse, nur nicht für die Schule. Hausaufgaben hielt er für überflüssig und bat oftmals ihren Vater, bei seiner Frau ein gutes Wort für ihn einzulegen. Dabei verkannte der Kleine völlig, dass die Helds ohne t schon immer größten Wert auf Bildung legten und wurde zu seinem Entsetzen am folgenden Morgen sehr genau nach allem befragt, was seine Lehrerin für wissenswert hielt.

Kolja hat eine fabelhafte Idee. Er möchte, dass ich ihn adoptiere, damit seine Familie und er auch nach Deutschland ziehen können. Wie alle Russlanddeutschen kann er alles, wofür man zwei Hände und Fantasie braucht. Angesichts der leckeren Speisen schlage ich vor, eine Bar zu eröffnen, in der auch kasachische Köstlichkeiten angeboten werden, denn meines Wissens gibt es so etwas bei uns nicht. Die schöne Lena könnte servieren und kassieren, Marlen die Gäste mit seinen Streichen unterhalten und er hinter dem Tresen den Barkeeper geben. Der Plan gefällt ihm und augenblicklich fängt er an, Deutsch zu lernen.

Die Familie lebt in einem gemütlichen Lehmhaus, dem ältesten Haus des Dorfes. Es gehörte Nataschas Mutter. Draußen laufen die Enten und Hühner über den Hof, wenn sie nicht gerade in ihrem Stall Eier legen. Überhaupt haben es die Katzen, Schweine, Kühe und sämtliches Federvieh unglaublich gut in Turgenevka. Wir dürfen alle streicheln und hinter den Ohren kraulen. Die Tierchen genießen das, und sie tut es auch. Besonders Martha, die einzige Kuh, die noch Milch gibt, hat es ihr angetan, und nun möchte sie melken. Lena bindet ihr ein Kopftuch um, sie zieht einen Kittel über, und dann setzt sie sich auf einen kleinen Melkschemel und melkt Martha, als würden die beiden das jeden Abend zusammen machen.

Wenn ich hier leben würde und nicht mit meinen Eltern nach Deutschland gekommen wäre, würde ich heute ganz sicher Bäuerin sein und zwar richtig gerne.

Vor allem die Schweinchen liebt sie. Besonders ihren Geruch. Nein, eigentlich den Duft, denn Schweine, die nur Grünfutter und die Essensreste der Menschen zu fressen bekommen, stinken nicht. Sie duften. Restlos glücklich sieht sie auf einem Foto aus, das Kolja von ihr in einer der Basen, das sind die großen Ställe des Dorfes, gemacht hat. Sie trägt ihr sonnenblumengelbes Minikleid und ein kleines Ferkel, das erst einen Tag alt ist, im Arm. Dabei ist es vollkommen egal, dass so ein kleines Schweinchen noch nicht weiß, dass man Sommerkleider und nackte Füße in Flipflops eigentlich nicht anpieselt, wenn man so zärtlich geknuddelt wird.

Auch Nadja und Vitali, Juris Bruder, laden uns zum Mittagessen ein. Die Tische biegen sich und alles, aber auch wirklich alles ist unglaublich schmackhaft! Nadja ist die erste, die mit mir einige Worte Deutsch spricht, denn das war Schulfach in

Turgenevka, und zusammen mit meinen russischen Brocken sowie einer gehörigen Portion Fantasie unterhalten wir uns ganz ohne Dolmetscherin über Familie, Berufe und Kinder. Es werden Fotos gemacht und gezeigt, auch vergilbte Zeitungsartikel, auf denen Bilder von ihrem Opa und seinen Treckern und auch eines von dessen Vater zu sehen sind. In der Familie der Helds ohne t vergisst man niemanden. Zum Abschied schenken sie uns Erdbeeren aus ihrem Garten. Auf dem Rückweg treffen wir Kinder, die Blumen gepflückt haben und uns verkaufen möchten. Geld haben wir keines dabei, aber für zwei Hände voller Erdbeeren geben sie und zwei schöne Blumensträuße.

Valera und seine Frau laden uns ebenfalls zu sich ein, nicht nur zu Tee, Gebäck und Speck, sondern auch zum Duschen, denn sie besitzen eine richtige, echte Dusche. Die Dusche mit dem Duschkopf befindet sich in der hauseigenen Sauna, die jedes Haus in Kasachstan hat. Normalerweise aber übergießt man sich mit der persönlichen Mischung aus warmem und kaltem Wasser, die in Töpfen gemischt wird, was mit ein bisschen Übung gut funktioniert und sogar seinen Reiz hat. Valera zeigt uns seinen Trecker, den er von der ersten bis zur letzten Schraube selbst gebaut hat. Noch nie zuvor habe ich einen komplett selbst gebauten, so schönen, blauschwarzen Trecker bewundert. Er dreht den Zündschlüssel, und der Jockel springt ohne zu zögern an. Dann dürfen wir auch seine Schweine, Kühe, Hühner und Enten in ihren schönen Ställen besuchen. In einem Schuppen lagert ein großer Haufen abgelaufener Lebensmittel, die er aus Läden in der Stadt bekommt, sodass seine Schweinchen sogar in den Genuss von Lachs, Leberpastete und anderen

Delikatessen kommen. Beim Abschied schenken sie uns zum Andenken an Turgenevka drei große mit hübschen kasachischen Ornamenten verzierte Tafeln Schokolade, in denen sich wiederum viele kleine bunt gemusterte Täfelchen befinden.

Gegenüber von Juris Haus liegt der Friedhof, ein herrlich bunter mit wildem Gras bewachsener, blau eingezäunter Platz, auf dem die Gräber mit Fotos der Verstorbenen und farbenfrohen Gestecken aller Art geschmückt sind. Wie für alle anderen Verwandten hat sie auch für den Bruder ihres Vaters Geschenke aus Deutschland mitgebracht. Einen Engel und ein steinernes Herz, auf dem steht, dass sie ihn, Alexander Nikolaiwitsch Held, den alle Sascha nennen, vermisst. Dazu noch ein schönes Blumengesteck und von ihrer Oma eine Kerze. Alles arrangiert sie liebevoll zwischen den Geschenken und Gestecken des letzten Jahres.

Zuletzt bekommt er noch ein paar Bonbons. Sie ist eine Held ohne t , und sie vergisst niemanden. Dann steht sie unter der jungen Birke, deren Blätter leise im warmen Steppenwind rascheln, und liest mir vor, was auf dem Grabstein steht. Und dann weint sie um ihren Onkel, der schon starb, als er noch ein Kind war.

Wir stehen vor der sommerferienleeren Schule und betrachten den liebevoll gestalteten Schulhof. Die Kinder haben Beete angelegt und mit Blumen bepflanzt. Jemand hat eine Jurte gebaut und Spielgeräte aller Art. Auch Figuren, die wie aus einem Märchen aussehen.

Der Hausmeister bewacht die schöne Schule zusammen mit zwei Kollegen abwechselnd Tag und Nacht. So kostbar ist sie den Menschen in Turgenevka. Da natürlich auch er längst weiß, wer wir sind, bittet er uns freundlich herein und schließt die Schule auf, in der ihre Mutter Musiklehrerin war. Ihre Oma hat hier ebenfalls gearbeitet. Sie kannte sich in Finanzangelegenheiten aller Art gut aus, kündigte aber nach dem Tod ihres Sohnes bei der Bank, weil man ihr nicht glaubte, dass er gestorben und sie krank vor Kummer war. Also gab man ihr in der Schule den Posten der Buchhalterin, und das war der mit Abstand gefährlichste von allen. Regelmäßig musste die tapfere, junge Frau abends nach der Arbeit per Anhalter in das Nachbardorf fahren, in dem der Knast für sämtliche Verbrecher weit und breit war. In der Bank holte sie dann die Gehälter für alle Lehrer ab, fuhr im Dunkeln mit einer Tasche voller Geld abermals in wildfremden Autos zurück, saß dann bis spät in die Nacht allein im einzigen beleuchteten Zimmer der Schule und legte sich die Scheine für den nächsten Tag zurecht. Jeder(!)

wusste, wann Luba Held die Gehälter auszahlte. Brutale Überfälle auf Frauen waren damals keine Seltenheit, und mir sträuben sich die Nackenhaare bei der Vorstellung, was alles hätte geschehen können, aber die Helds ohne t schrecken eben vor nichts zurück. Sobald ihr Sohn seinen Führerschein und ein Auto hatte, fuhr er sie selbstverständlich.

Fotos aller Schüler und Lehrer hängen an den Wänden. Es riecht nach Renovierarbeiten. Sie erkundet filmend jeden Raum in den beiden Stockwerken. Gemütliche, kleine Klassenzimmer, ein Lehrerzimmer und ein Turnsaal, an dessen Wände ihr Vater vor vielen Jahren in den Herbstferien mit dem Sportlehrer zusammen bunte Kreise gemalt hat, die später mit Bällen getroffen werden sollten. Sie sind immer noch da, die Spuren derer, die ausgewandert sind…

Ganz in der Nähe ist der Kindergarten. Vielleicht will sie dort einmal ein Praktikum machen... Für eine Weile... Immer in Turgenevka zu bleiben, kann sie sich nicht vorstellen, denn durch die Eindrücke, die sie hier sammelt, weiß sie umso mehr zu schätzen, was ihre Eltern ihr mit dem Leben, das sie sich in Deutschland aufgebaut haben, alles erst ermöglicht haben.

8

Wieder zieht es uns hinaus in die duftende Weite der Steppe. Wir laufen einfach los und genießen jeden Schritt. Längst haben wir das Dorf hinter uns gelassen, als aus einer Staubwolke in der Ferne ein gelber Bus angerumpelt kommt. Wir verlassen den Weg und gehen ein paar Schritte ins hohe Gras, um ihn vorbeizulassen, denn wir sind höflich. Schließlich repräsentieren wir achtzig Millionen Deutsche.

Verständlicherweise irritiert uns, dass der Busfahrer sich nicht bedankt, denn die Kasachen sind, wie Sie bereits wissen, erwiesenermaßen ein freundliches Volk. Stattdessen gibt er wild gestikulierend zu verstehen, dass wir schleunigst verschwinden sollen. Nicht im Traum wären wir auf die Idee gekommen, dass hier niemand außer uns freiwillig ins hohe Gras geht... Also wandern wir lustvoll weiter, bis die Steppe irgendwann so unfassbar schön ist, dass sie nicht unfotografiert bleiben darf. Überall blüht es, die Grillen zirpen, ein Adler zieht seine Kreise unter den graublauen Wolken. Der duftende Wind weht durch unsere Haare...

Sie nimmt ihren Rucksack ab und läuft suchend querfeldein, bis sie eine Stelle findet, wo sie ihr Handy mit Steinen, Pullovern und unseren Rucksäcken so abstützt, dass es aus geradezu perfekter Perspektive spektakulär schöne Fotos machen kann. Mit Selbstauslöser.

Stell Dich mal dahin. Ja, genau, nun noch etwas nach links, neben den Stein da. Den Kopf etwas höher... Suuuuuper!

Jetzt noch mal im Sitzen, wobei Du am besten zu den Hügeln schaust.

Nun mach mal eins von mir im Stehen. Aber pass auf, dass Du das Handy nicht verruckelst, das ist optimal platziert.

Zeig mal, wie es geworden ist. Oh da ist eine Schlange.

Wo? Ich für meinen Teil finde ehrlich gesagt, dass Frauen und Schlangen nicht auf denselben Planeten gehören. Gibt ja genug andere im Universum. Also für die Schlangen...

Hier neben meinem Fuß. Na egal, jetzt ist sie in einem Loch verschwunden. Ja, das ist gut geworden. Jetzt noch mal wir beide. Erst im Sitzen, dann im Stehen.

Und nun vielleicht noch mal vor diesen Blumen. Warte mal, wo könnte ich das Handy am besten aufbauen?

Ja, da ist es gut…

Sie ist ganz in ihrem Element: Vollkommen konzentriert und entspannt zugleich… Tatsächlich sind es die gelungensten Bilder unserer Reise, die sie in dieser halben Stunde macht.

Später sitzen wir zusammen im hohen Steppengras und können nicht fassen, wie wundervoll diese Landschaft ist. Federleichte Glückseligkeit…

Auf dem Rückweg ins Dorf überholt uns Kolja. Wir klettern auf seinen Trecker und fahren mit. Nach ein paar Kilometern treffen wir dann Juri in seinem Auto, steigen um und fahren mit ihm nach Hause. Beim

Mittagessen fällt ihr die Schlange ein, und sie erzählt stolz, dass sie ganz unaufgeregt war. Vitali fragt nach: *Welche Farbe hatte sie? Wie lang ungefähr, welches Muster?*

Er sieht uns an, als seien wir von allen guten Geistern verlassen.

Das war eine Steppenviper. Und wo eine ist, sind mehrere. Keiner von uns geht jemals ohne kniehohe Stiefel ins hohe Gras, denn die Viecher zielen gut, und ihr Biss ist tödlich, wenn man nicht augenblicklich das Bein abbindet und sofort ins Krankenhaus gebracht wird.

Da fällt mir der Busfahrer wieder ein, und mir wird übel bei der Vorstellung, woran wir haarscharf vorbei geschrammt sind.

Aber die Schlange hat sich ja verkrochen und wir haben sooooo gute Fotos gemacht!, strahlt sie. *Guck mal!*

Und dann zeigt sie ihm ihre Kunstwerke.

So ist sie: Hat den Blick für das Wesentliche und Nerven wie Drahtseile…, einfach umwerfend…

9

Es ist an der Zeit, die Städte der Umgebung aufzusuchen, denn wir haben Aufträge zu erledigen. Zunächst fahren wir mit Natascha und Valera in den nächstgrößeren Ort, der eine Bank besitzt, denn wir brauchen Geld und zwar kasachische Tenge. Stundenlang sitzen wir mit gezogenen Nummern in einem Wartesaal, wo man uns so diskret wie möglich anstarrt. Sicherheitshalber habe ich einige Euroscheine in der Hosentasche, nicht im Portemonaie, denn man weiß ja nie, wer alles beobachtet, in welcher Tasche dasselbe steckt. Sie ist da ganz entspannt und trägt ihre hübsche Handtasche so, dass jeder sie bewundern kann. Das Nummernsystem ist komplett undurchschaubar, und nach zweieinhalb Stunden willkürlicher Nichtreihenfolgen frage ich mich, ob das Absicht ist. Man fühlt sich den tiefenentspannten Beamten vollkommen ohnmächtig ausgeliefert, was zur Folge hat, dass jeder die Anzeigetafeln mit den wechselnden Nummern hypnotisiert, um bloß nicht die eigene zu verpassen und hektisch aufspringt, sobald sie erscheint. Dann eilt man in dem Bemühen, jetzt bloß keinen Unmut bei den Herren des Geldes zu erzeugen, zum vorgegebenen Schalter, um dann zu erfahren, dass jeder zweite Hosentaschen-Geldschein von der Maschine nicht als ungefälschter Euroschein identifiziert und daher nicht eingewechselt werden könne. Es ist zum Verzweifeln! Ihre bügelglatten

Handtaschen-Scheine machen glücklicherweise keine Probleme. Lächelnd entnimmt sie ihrer Geldbörse ein Bündel frisches *Spielgeld*, wie wir die hübschen, bunten Scheine taufen und gibt sie mir. Sie hat nicht die leiseste Ahnung, um wieviel Geld es sich dabei handelt.

Damit du erst mal was hast…

So ist sie: grenzenlos großzügig…

Natascha und Valera suchen in mehreren Geschäften nach einem Fernseher für Kolja, während unser Interesse einem bestimmten Silber-Shampoo gilt, welches die Freundin ihres Bruders in Deutschland begehrt. Tatsächlich werden wir in einem großen Geschäft fündig, wobei sie wieder lachend mit mehreren Verkäuferinnen gleichzeitig parliert. Woher wir kommen, was wir hier machen, wie es uns in Kasachstan gefällt…

Am Ausgang sehen wir eine Theke mit chirurgischem Besteck aller Art. In einem weinroten Etuie befindet sich eine Pinzette, die aber logischerweise nicht separat verkäuflich ist. Für vermutlich umgerechnet sechs Euro, so ganz sicher bin ich noch nicht im Umrechnen, erwerbe ich also das komplette *Lancome*-Etuie einschließlich des besagten Objekts. *Alles echt medizinisches Metall,* wie die zuständige Dame beflissentlich versichert.

Als ich zu Hause versuche, einen Splitter aus meinem Daumen zu entfernen, stelle ich fest, dass die Pinzette anders ist als erwartet. Sie funktioniert nicht. Bei genauerer Betrachtung zeigt sich auch, warum. Die schrägen Enden der Zange stehen gegeneinander und nicht parallel. Schwer verunsichert überlege ich, ob das ein kasachisches Modell ist, das ich vielleicht nicht durchschaue, traue mich dann aber nach einer Weile doch zu fragen

Finde nur ich, dass die falsch zusammengebaut ist?

Sie sieht sich das Modell an, lacht sich schief und macht... genau: Ein Foto.

Das glaubt uns sonst kein Mensch!

An einem strahlend schönen Tag, fahren Valera und seine Familie nach Karaganda und fragen, ob wir mit möchten.

Na klar, gerne.

Für die Stadt macht sie sich besonders hübsch: Schicke Schuhe, hohe Absätze, rot lackierte Fußnägel, farblich perfekt darauf abgestimmter Lippenstift, und irgendwie schafft sie es, ihr Haar zu einem faszinierenden Mittelding zwischen Brücke und Tunnel quer über dem Kopf zu drapieren. Dieser zu einer Brücke aufgetürmte Tunnel hat genau in der Mitte ein kreisrundes Loch, durch das ich während der Fahrt von hinten, wo ich mit Valeras Frau Marina und ihrer kleinen Tochter Nellja sitze, genau auf die Autobahn sehen kann. Extra für uns biegt Valera von der Autobahn ab und zeigt uns eine unerwartet grüne Stadt mit dem klangvollen Namen Temirtau, wo zwischen duftenden Nadelbäumen sehr stilvolle Häuser zu bewundern sind.

In Karaganda treffen wir Estella, Nelljas ältere Schwester, die hier eine Lehre macht.

Wir besichtigen ein Denkmal, auf dem riesige Statuen der Arbeiter stehen, die hier die Kohle aus der Erde zutage gefördert haben. Später bummeln wir durch einen Zoo, wo sie auf einem bunt geschmückten Kamel reitet. Nicht nur ihr macht es offensichtlich größten Spaß, sondern auch dem Kamel und seinem Führer, denn der lässt das schöne Tier zum Schluss sogar traben, wobei ihr ihre kunstvoll frisierte Tunnelbrücke elastisch im Takt der Hufe wippt, ohne an Stabilität einzubüßen. Ein herrlicher Anblick!

Zu Mittag essen wir in einem Vergnügungspark, wo es kasachische Spezialitäten gibt. Eine köstlicher als die andere. Anschließend geht sie in ein 5DKino, wobei mir schleierhaft bleibt, wie eine Dimension jenseits der dritten anmuten könnte. Sie schildert es mir so anschaulich, dass mir allein von der Vorstellung flau im Magen wird.

Da der Wind ziemlich kalt ist, stelle ich mich einen Moment in die Sonne, während sie einer Zigeunerin mit einem Wellensittich lauscht, der Horoskop-Zettel aus einem Kästchen pickt. Plötzlich merke ich, dass irgendetwas nicht stimmt und laufe hin. Wie ferngesteuert holt sie ihr

Portemonaie aus der Handtasche und gibt der Frau einen Schein nach dem anderen. Estella kommt angeschossen, wirft sich dazwischen und zieht uns mit sich fort. Später erfahren wir, dass häufig Frauen von Zigeunerinnen hypnotisiert werden und außer ihrem Geld auch noch ihre Halsketten und Armbänder abgeben, ohne sich später an irgendetwas erinnern zu können. Wir stellen fest, dass umgerechnet vierzehn Euro fehlen, was uns nicht umbringt, für die Zigeunerin jedoch viel Geld ist. Und eines muss man ihr lassen. Sie versteht ihr Handwerk. Künftig werden wir also einen großen Bogen um Frauen mit Wellensittichen machen.

Andere haben schon wesentlich mehr Lehrgeld bezahlen müssen, und so etwas passiert Dir bestimmt nie wieder! , versuche ich zu trösten.

Immer noch leicht vernebelt schimpft sie:

Aber wieviel Eis für die Völkerverständigung hätten wir mit dem Leerlaufgeld kaufen können!

Leerlaufgeld! Der Ausdruck gefällt mir.

Nun geht es in eine Einkaufspassage, wo wir uns wieder unseren Aufträgen widmen. Für zwei Täuflinge sollen wir silberne Ketten mitbringen und silberne Kreuze, die in einer bestimmten Kirche in Almata geweiht werden müssen. Soviel sie weiß, dauert das Weihen drei volle Tage, weswegen wir uns hier schon mal um die Ketten kümmern. Außerdem soll es noch ein schöner Ring sein für die Mutter des einen Kindes, dessen Vater ihr Bruder ist. Zwar finden wir keinen passenden Schmuck, wohl aber Magneten, auf denen die Stadt abgebildet ist, hinreißende Filzpantoffeln mit gebogener Spitznase und zwei gefilzte Kasachenkäppis mit Ornamenten. Nun suchen wir den Ausgang, finden aber stattdessen einen wunderschönen blauen Samtmantel mit gold-rot-grün gemusterter Borte. Ich probiere ihn an, und wir kommen übereinstimmend zu dem Ergebnis, dass es unverantwortlich wäre, ihn nicht mitzunehmen. Da unsere Koffer um die Gastgeschenke erleichtert sind, sollte das Gewicht kein Problem sein... Soweit die Theorie... Wieder sehen wir uns nach dem Ausgang um, als mein Blick ein Schaufenster mit Musikinstrumenten streift und augenblicklich fokussiert. Nur mit knapper Not funkt mein Hirn gerade noch rechtzeitig dazwischen, als ich bereits zärtlich über die zauberhaften Verzierungen handgearbeiteter, hölzerner Zupfinstrumente streichele. Nein, das können wir bei aller Liebe wirklich nicht transportieren. Aber dort! Seidenschals mit Intarsien aus Kamelwolle. Weiße und hellgraue kasachische Ornamente und Blumen auf silberner Seide. Der Verkäuferin entgeht mein Entzücken nicht, und in Sekundenschnelle breitet sie einen Schal neben dem anderen vor uns aus. Nicht dass ich einen Mangel an Schals hätte, im Gegenteil, aber Seidenschals wiegen nun wirklich fast nichts... Die zwei allerschönsten packt sie uns ein...

Mit Tüten und Taschen beladen treffen wir uns mit Valeras Familie, die es noch in ein zweites Einkaufszentrum zieht. Uns jedoch ist das Gewusel von Kasachen, Russen, Russlanddeutschen und auffallend vielen Chinesen, Autos, Bussen, Motorrädern sowie einer auditiven Reizüberflutung durch diverse Sprachen und ebenso viele Musikstile endgültig genug, sodass wir in die bequemen Sessel der nächstbesten Bar fallen, wo sie einen Cocktail und ich einen Cappuccino bestellen. Dann holt sie die von besagtem Wellensittich gezupften Zettel hervor und beginnt zu lesen.

Eingelegter Schwachsinn!

Für das Geld hätte sie sich wenigstens die Mühe machen können, geistvolle Verse zu schreiben!

Sie zerreißt den Schund und wirft ihn wütend in den Mülleimer.

Aber die Empörung trübt die Stimmung nur kurz, denn die Musik, die sie hört, hat es ihr angetan. Trällernd zückt sie ihr Handy, tippt mit geschickten Fingern darauf herum und stellt strahlend fest:

Hat's gefunden!

Obgleich ich mir alle Mühe gebe, mein völliges Unverständnis der Situation durch das umständliche Öffnen des zum Kaffee servierten Kaugummis zu kaschieren, das ich gar nicht kauen will, schon gar nicht zum köstlichen Cappuccino, durchbohrt mich einer ihrer *Du-fragst-mich-doch-jetzt-nicht-*

allen-Ernstes-gleich,-was-ich-gerade-mache-Blicke.

Flucht nach vorn:

Was machst Du da eigentlich gerade?, frage ich so beiläufig wie möglich und lege das klebrige Kaugummi auf die Untertasse.

Wenn ich Musik mag, lass ich die von meinem Handy suchen.

Äh, wie jetzt? Du kannst mit dem Ding Musik einfangen???

Ja, geht ganz einfach. Ich hab alle guten Lieder drauf, die wir hier in Kasachstan schon gehört haben. , erklärt sie freundlich und geduldig.

Hör mal!

Und dann spielt sie mir alle möglichen Lieder vor, wobei sie mit dem Oberkörper tanzend fröhlich mitsingt, die spitzen Zeigefinger im Takt Löcher in die Luft piksen und die

Tunnelbrücke auf dem Haupt wippen lässt… So ist sie... voller Musik…

Auf der Rückfahrt nach Turgenevka hält Valera am Straßenrand, um bei einem Kasachen eine Flasche Kumys zu kaufen, vergorene Pferdemilch, das Nationalgetränk der Kasachen. Man muss wohl damit aufgewachsen sein, um es so richtig gerne zu mögen.

Als wir zurück in unserem gemütlichen Zimmerchen sind, wühlt sie sich zwischen dem Chaos aus Koffern, Kleidung, Schminkutensilien und den vielen Einkaufstaschen mit der Beute zielsicher zu den Reisedokumenten durch. Ein spitzer Schrei:

Fuck, wir dürfen auf dem Inlandsflug nach Almata nur 23 Kilo Gepäck mitnehmen!

Nicht Dein Ernst, oder?

Lies selbst!

Während mir der Schweiß aus allen Poren bricht, lacht sie mich mit einem ihrer *Das-kriegen-wir-schon-hin*-Blicke an:

Dann ziehen wir eben ganz viele Klamotten übereinander, das gibt bestimmt super Fotos!

Ihr fällt wirklich für jedes Problem aus dem Stand eine praktikable Lösung ein. So ist sie… Einfach durch nichts aus der Fassung zu bringen…

Da Juri weiß, wie gern wir die Steppe mögen, uns aber andererseits nicht den Vipern überlassen möchte, nimmt er uns eines schönen Tages mit auf die Felder hinaus. Schon der Bus ist ein Erlebnis. Liebevoll geschmückt mit bunten Vorhängen und Troddeln, die ihn sehr gemütlich machen. Zunächst holen wir in der Dorfküche eine hübsche, junge Köchin mit dem Mittagessen in besagten raffiniert konstruierten Kübeln ab, um dann zu lauter, russischer Musik in einem Tempo über die staubigen Feldwege zu brettern, dass augenblicklich sämtliche Schlangen in ihren Löchern verschwinden lässt. Der Fahrtwind weht mit dem berauschenden Steppenduft ein unbeschreibliches Gefühl federleichter Weite durch die offenen Fenster herein. Die riesigen Felder reichen bis zum Horizont. Das Heu für den langen, kalten Winter wird mit klapprigen, kleinen Mähmaschinen geerntet, ist aber mit all seinen verschiedenen Gräsern und Kräutern von einer Qualität, die keine Kuh in Norddeutschland jemals kosten durfte. Sobald der weiße Bus mit den blauen Streifen hält, kommen die Arbeiter auf ihren Treckern angerumpelt, springen herunter und starren ungläubig auf das bildhübsche Mädchen im gelb leuchtenden Minikleid, das sie und ihre Maschinen mit einem Handy fotografiert. Stolz stellt Juri die Tochter seines Neffen vor, was eigentlich überflüssig ist, denn natürlich wissen sie längst, wer sie ist. Sie laden uns ein, mit ihnen zu essen, was sie aber dankend ablehnt, denn sie muss... genau: Fotos machen. So setzen sie sich mit der Köchin ins Gras, lassen sich das liebevoll gekochte Essen schmecken und hören alte Lieder aus dem Radio. Anschließend schmöken und plauschen sie noch etwas, bevor die Ernte weiter geht. Wir fahren ein paar Kilometer weiter zum nächsten Feld, und wenn ich gedacht hatte, schöner kann es nicht mehr werden, so staune ich nun über ein Meer gelber Blüten auf der einen Seite und ein violettes auf der anderen. Blumen über Blumen, soweit die Augen reichen. Juri hält an, damit wir aussteigen und den Anblick genießen können. Den Motor stellt er aus, und wir hören... atemberaubende Stille in endloser, leuchtender Weite. Was für ein kostbarer Augenblick der Ewigkeit…

10

Am letzten Tag im Haus ihrer Großtante und ihres Großonkels kochen wir für alle. Es soll Folienkartoffeln mit Sourcreme, gefüllte Auberginen, Salat und Konfekt geben. Die Kunst besteht darin, sowohl die Kartoffeln als auch die Auberginen nacheinander in einem kleinen Tisch-Backofen zu garen, der nicht richtig schließt. Die ersten Gäste sind schon da, als wir die letzten Kartoffeln hineinschieben, was aber nichts macht, denn man kommt, sobald man Zeit hat und isst, solange man Zeit hat. Juri, Kolja, Valera und sein Sohn Juri grillen Unmengen von leckerstem Schaschlik, denn es ist vollkommen ausgeschlossen, dass ein Essen ohne Fleisch auf den Tisch kommt. Nellja, Marlen, und seine

Brüder wuseln durch Haus, Ställe und Gärten, bis die ersten Spieße auf dem Kindertisch stehen, und auch die Erwachsenen setzen sich hungrig in die Küche. Allen scheint es gut zu schmecken, wenngleich wir für höchste Irritation sorgen, als wir die Kartoffeln aus der Schale heraus essen, und obgleich man hier in der Regel mit wenig Besteck auskommt, holt sich einer nach dem anderen ein Messer, um die Folienkartoffeln nachträglich zu schälen. Nach dem Abwasch packen wir in unserem vollgestopften Zimmerchen die Rucksäcke und Koffer, was auf engstem Raum eine echte Herausforderung ist. Zwischendurch wuchten wir immer wieder das Gepäck auf Valeras hochmoderne Wage, um auszuloten, wieviel wo hinein kann. Diese ist jedoch so raffiniert konstruiert, dass sie uns beide technisch überfordert. Die Ergebnisse schwanken zwischen 3,8 Kilo und 68.

Aus ihren Augen blitzt die übermütige Hoffnung, am Flughafen inmitten der Wartenden diverse Kleidungsstücke auszupacken und übereinander zu ziehen, was zweifelsfrei originelle Bilder ergäbe. Vermutlich brächte sie es fertig, einen der Stewards zu bitten, ein Foto von uns beiden in Kasachenkäppis, Mänteln, Seidenschals und Filzpantoffeln mit gebogener Nase zu machen. Mitten im Chaos stimmt sie plötzlich Mozarts 40. Symphonie an, einfach so, und weil diese auch meine Lieblingssymphonie ist, singe ich mit. Ist das zu glauben? Irgendwo in der zentralasiatischen Steppe in dem kleinen Dörfchen Turgenevka im Hause von Natascha und Juri Held ohne t sitzen wir zwischen Kleidern, Koffern, Tüten, Taschen, Jacken und Mänteln und singen Mozarts Vierzigste, die ich seit Jahrzehnten nicht mehr gehört habe. Wieder so ein Augenblick, der in meine Sammlung kommt…

Abends besucht sie allein noch einmal ihren Onkel auf dem Friedhof. *Er hat ja sonst niemanden*. Als sie zurück kommt erzählt sie, dass die Bonbons weg sind, was ein Zeichen dafür sei, dass er sich über ihre Geschenke gefreut hat… Dann gehen wir zusammen zum Fluss, setzen uns auf die Brücke und lassen die Füße im flachen, warmen Wasser baumeln. Unsere Gedanken treiben… Was für ein wunderbares Fleckchen Erde… Was für einzigartige Menschen… Was für wertvolle Begegnungen…

Weißt Du eigentlich, dass ich eine Sammlerin bin?

Klar, Du sammelst Schals!

Nein, die trage ich gern.

Ach so. Und was sammelst Du?

Ich sammele kostbare Augenblicke.

Sie schaut mich an.

Seit vielen Jahren schon. Die habe ich immer bei mir, weil sie nämlich nie verloren gehen können… Und diesen Augenblick werde ich niemals vergessen…

Irgendwann stehen wir auf, balancieren ein letztes Mal über die Brücke zurück und schauen uns noch einmal um zu den Hügeln, auf denen wir am ersten Tag in der Sonne geschlafen und die Zeit vergessen haben. Die Zeit, die es vielleicht gar nicht gibt... Sie macht kein Foto, denn das ist nun nicht mehr nötig.

Ein letztes Mal setzen wir uns Eis essend auf die Schaukeln, die uns in so viele kreative Gedanken und wertvolle Gespräche geschaukelt haben… Hier hat sie entdeckt, dass der Lehm, in dem sie mit ihren Flipflops am Flussufer versunken ist, heilsame Eigenschaften besitzt und daraus wunderbare Geschäftsideen entworfen, die sowohl der europäischen Kosmetikindustrie als auch ihr und den Helds ohne t Vorteile bringen würden. Ein Win-win-Modell in Reinkultur. Hier hat sie Ideen entwickelt, wie man mit dem Geld, dass sie dabei verdient, die wirtschaftliche Situation der Dorfbewohner verbessern könnte, ohne deren Identität zu verfälschen, und hier hat sie überlegt, wie man dem Weltfrieden näher kommt…

Der Rundgang durch Turgenevka endet beim Ortsschild, neben dem sie fotografiert werden möchte, denn dieses Dorf bedeutet ihr viel. Sie spielt mit der Vorstellung, dass der Name in ihrem zweiten Tattoo versteckt sein soll. Vielleicht ein T zwischen kasachischen Ornamenten, damit nur diejenigen es verstehen, die sie wirklich kennen oder kennen lernen wollen, eben genauso, wie mit dem *Logos*, der seine Bedeutung auch erst auf den zweiten Blick preisgibt…

Wir kommen an Koljas Haus vorbei und machen draußen noch ein paar Bilder mit ihm und seiner Familie... Sie versprechen morgen früh noch zu uns zu kommen, damit wir uns verabschieden können. Trotzdem kullern schon jetzt dicke Tränen aus ihren Augen...

Abends holen uns Valera und die kleine Nellja mit dem Auto ihres Bruders Juri ab. In der Dämmerung fahren wir in das Nachbardorf. Auf der Fahrt dorthin zaubert ihr Onkel zwei Flaschen Dizzy hervor, ihr Lieblingsgetränk, das es nur in Kasachstan gibt. Er hat es extra für sie besorgt.

Weißt Du noch, wie wir beiden das im letzten Jahr zusammen getrunken haben?

Natürlich weiß sie es noch. Sie stoßen an, schauen sich in die Augen und trinken lachend den Geschmack von tausend schönen Erinnerungen. Dazu erzählt er eine lustige Geschichte nach der anderen. Am Ortsrand erreichen wir über kleine Feldwege den sogenannten *Hügel der Verliebten*, wo wir aussteigen, um den Sonnenuntergang über der Steppe zu bewundern. Es wird kühl. Valera zieht seine Jacke aus und legt sie ihr um die Schultern, damit sie nicht friert. Dankbar kuschelt sie sich hinein. In die Jacke und in die Geborgenheit der Familie Held ohne t ... Die Dunkelheit legt sich leise über die nach staubigem Gras duftende, unendliche Weite... Ein Stern nach dem anderen blinzelt uns zu... Und dann kommen die Sternschnuppen... Und mit jeder Sternschnuppe kommen und gehen Wünsche...

Am nächsten Morgen wollen wir mit Natascha, Juri, Kolja und Marlen nach Alexandravka zu Vika, Igor und Jarislaw fahren. Sie nimmt die restlichen Leckerlis und geht leise schniefend um das Haus herum zu

Barboss, ihrem treuen Hundefreund, um ihn ein letztes Mals zu streicheln. Es kommen alle, um sich herzlich von uns zu verabschieden, jeder auf seine Weise, und sie weint um jedes Erlebnis und jeden Menschen, den wir in Turgenevka zurücklassen. Und nur, um es mal ganz klar zu sagen: Weinen tun nur die Stärksten, nämlich diejenigen, die sich ohne Absicherung durch innere Distanz, also ohne Vorbehalte, mit Leib und Seele auf das Leben in seiner ganzen Vielfalt einlassen!

11

In Alexandravka hat Vika ein Festessen in der Gartenlaube vorbereitet: Ente, Kartoffeln, Eier, Salate, Brot und Fisch sowie zum Nachtisch farbenfrohe Süßigkeiten. Fkusna! Köstlich! Bald schon machen sich alle Erwachsenen außer Vika und uns auf den Weg nach Astana, um ein bestimmtes Kabel für Koljas Fernseher einzukaufen. Wir räumen das Geschirr und die Reste ab, während Marlen und Jarislaw auf einem kleinen Kettcar über den Hof sausen. Später machen wir noch einen Spaziergang zum Fluss. Wie sich doch ein Neubaugebiet von einem gewachsenen Dorf unterscheidet! Zwar sind alle Häuser neu oder zumindest halbfertig, aber nicht wenige stehen bereits wieder zum Verkauf. Am Wasser treffen wir auf Angler, die gelegentlich einen Fisch an Land ziehen und uns freundlich verraten, wo man über den flachen Ufersand am leichtesten ins Wasser kommt. Sie hält die Füße hinein, aber es ist hier weniger sauber als in Turgenevka, und so kehren wir langsam wieder nach Hause zurück.

Bald schon kommen Natascha, Juri, Igor und Kolja aus der Hauptstadt zurück, ohne allerdings gefunden zu haben, was sie suchten, und da die

Tiere in Turgenevka versorgt werden müssen, verabschieden sie sich bald, um mit Marlen nach Hause zu fahren.

Nun möchte Jarislaw uns seine Schule zeigen, und erst jetzt begreifen wir, wie groß Alexandravka ist. Es gibt sowohl eine kasachische als auch eine russische Schule. Bemerkenswert finde ich, dass die Kinder selbstverständlich schon lesen und schreiben können, *bevor* sie eingeschult werden und Englisch ab der ersten Klasse lernen.

In einem Supermarkt kaufen Vika und Igor getrockneten Fisch und eine Auswahl höchst delikater Chips in Fleisch-, Schmand-, Rotebete-, Gewürzgurkenaroma und weiteren delikaten Geschmacksvarianten sowie, extra für die Gäste, fünf verschiedene Sorten Bier in ebenso vielen riesigen Bierflaschen. Wir sind ziemlich beeindruckt von der Vielfalt, insbesondere, was die Chips anbelangt.

Unser Auftrag ist es, eine Wassermelone zu besorgen.

Wassermelone ist Airbus ohne i!, erklärt sie und findet, dass dieses Mal ich mit der Verkäuferin verhandeln könnte, und siehe da,

Arrrrrrbus wird offensichtlich verstanden. Die Dame gibt uns die begehrte Frucht, so groß wie zwei Fußbälle und mindestens fünfhundertmal so schwer. Mit der Beute fahren wir zurück. Igor macht ein riesiges Feuer neben der Gartenlaube, um die Mücken zu verjagen, damit wir unser Abendessen ungestört genießen können. Im Vergleich zu den kasachischen Chips schmecken unsere deutschen wie gesalzene Pappe. Auch die verschiedenen Biersorten seien sehr lecker, betont sie, sieht sich aber gezwungen, Vika und Igor in die

Geheimnisse des Einschenkens und Trinkens einzuweihen. Niemand, aber auch wirklich kein einziger Mensch in Kasachstan weiß, dass man Bier schräg ins Glas gießen muss, wenn man nicht eine viertel Stunde auf den ersten Schluck warten will, und außerdem missbrauchen die meisten Leute allen Ernstes Strohhalme, um den kühlen Trank einzusaugen. Auch Jarrislav beobachtet interessiert, welch wunderbare Wirkung die Schrägstellung eines Glases auf den Schaum ausübt. Und weil das alles so faszinierend ist, probiert Igor es gewissenhaft an jeder XXL-Flasche neu aus, bis bewiesen ist, dass der Erfolg unabhängig von der Biersorte ist.

Nach dem Essen plaudern wir mit Vika in ihrer lila tapezierten und ebenso lila möblierten Küche, als ich ganz allmählich registriere, dass ihr Sprechen nach und nach immer angestrengter klingt. Sie bemerkt es ebenfalls, will eigentlich eine Pause machen, findet das Thema jedoch so spannend, dass sie einfach weiter spricht. Natürlich entgeht auch Vika das vermehrte Stottern nicht, aber sie finden einfach kein Ende. Irgendwann erklärt sie mühsam, dass sie nun wirklich nicht weiter reden kann, beantwortet aber dennoch die Fragen ihrer Tante, bis die Wörter gnadenlos zwischen Kehlkopf, Kiefer und Zunge so festgefräst werden, dass sie es kaum noch über die Lippen schaffen. Das ist zu viel für mein Logopädenherz, und obgleich sie schon lange nicht mehr meine Patientin ist, gehe ich gewissermaßen aus Notwehr dazwischen, indem ich behaupte, dringend frische Luft zu brauchen.

Kommst Du mit?

Es steht außer Frage, dass man mich nicht unbegleitet in Alexandravka auf die Straße lässt…

Nach einem halben Kilometer Schweigen geht es allmählich wieder. Allerdings überfallen uns draußen Myriaden von Mücken, sodass wir gezwungen sind, in den einzigen Laden zu fliehen, wo wir dann, um unseren Aufenthalt dort moralisch zu rechtfertigen, Eis für alle kaufen. Auf dem Rückweg rennen wir unter den Schwärmen hindurch so schnell wie wir können und schlagen zu Hause die Tür hinter uns zu. Das Eis kühlt ihre überanstrengten Artikulationsorgane, und so allmählich beginnen sie sich zu erholen.

Vielleicht war der ganze Alkohol heute Schuld an der Stotterei, überlegt sie und beschließt, für den Rest des Tages, nur noch Wasser zu trinken.

Später zeigt Igor uns seine Musikanlage im Wohnzimmer. Russische und kasachische Lieder werden angespielt, und aus einer Laune heraus fangen wir irgendwann an zu tanzen. Und dann tanzen wir einfach weiter und tanzen und tanzen und hören nicht mehr auf... Es ist wunderbar, völlig ungeplant in einem kleinen Wohnzimmer mit einer Handvoll fröhlicher, unglaublich gastfreundlicher Menschen zu tanzen. Igor stellt fest, dass noch nicht alle Bierflaschen geleert sind, und weil sie extra gekauft wurden, um den Gästen aus Deutschland die Vielfalt kasachischer Biere zu präsentieren, und man nun ja auch genau weiß, wie man den köstlichen Trank serviert, lässt sie sich nicht lumpen. Der kleine Jarislaw, ein begnadeter Tänzer, schlägt ab Mitternacht Räder zwischen seinen Hopsern und schafft es nebenbei noch, uns mit formvollendeter Höflichkeit kalte Getränke zu reichen, wobei er die Übersicht darüber behält, wer was aus welchem Glas trinkt. Dann tanzt er weiter und schlägt immer wieder

Räder zwischendurch... Was für eine unvergessliche Nacht!

Am nächsten Morgen kann der Junge zwar vor Müdigkeit kaum die Augen offenhalten, wird aber schlagartig hellwach, als er sieht, wie sie sich ihre langen, attraktiven Wimpern kämmt. Seine Kinnlade fällt runter und seine staunenden blauen Augen werden plötzlich groß und rund wie Untertassen, können das Geschehen jedoch offensichtlich trotzdem nicht fassen. Nachdem die Wimpern in Form gebracht sind, schläft er augenblicklich wieder ein...

Vika ruft irgendetwas aus der lila Küche, wo sie Frühstück macht, warmes selbstverständlich. Sie antwortet ihr in wieder frei fließendem Russisch, während sie sich schminkt, und übersetzt anschließend:

Ich hab ihr gesagt, Ente schaffen wir noch nicht, aber Fisch und Kartoffeln gehen schon.

Heute plaudert sie völlig entspannt, woraus wir schließen, dass Tanzen ganz optimal gegen das blöde Stottern hilft.

Gegen zehn Uhr holt uns Siat ab, ein Taxifahrer, der uns nach Astana fahren wird. Während der Fahrt durch die Steppe unterhalten sich die beiden angeregt über alles Mögliche. Er ist Feuerwehrmann in der Hauptstadt, kennt sich sehr gut aus und erklärt uns alles, was wir sehen.

Er ist sooooooo nett!

Und weil das stimmt, fragen wir ihn, ob er uns am Nachmittag nicht die Stadt zeigen kann.

Der Vorschlag gefällt ihm, sein Preis ist bescheiden, und so verabreden wir uns für dreizehn Uhr vor dem Hotel.

Das Hotel Jumbaktas ist der absolute Kontrast zu den Häusern in Turgenevka und Alexandravka: Groß, hoch, sehr geräumig, inmitten von surreal anmutenden Gebäuden gelegen, die in den letzten zwanzig Jahren aus dem Boden gestampft wurden. Ihr Zimmer ist ganz sicher ein Upgrade, und ihre Begeisterung über das hypermoderne Badezimmer mit Aussicht auf die City einfach entzückend. Während ich zwei Stockwerke tiefer eine echte Dusche nach der durchtanzten Nacht genieße und anschließend ein Nickerchen mache, filmt jeden Winkel ihrer Gemächer sowie die Skyline von Astana und schickt die Videos augenblicklich nach Deutschland. Trotzdem schafft sie es gerade noch rechtzeitig, frisch verhübscht ins Taxi zu springen. Siat fährt uns zum Khan Shatyr, zu Deutsch: Zelt des Kahns, einem riesigen aufgeblasenen Gebäude, in dem sich ein aberwitziges Einkaufszentrum befindet mit Achterbahn und Schwimmbad im obersten Stockwerk, wo man sich auch sonnen kann und einer Eisbahn im unteren. Er erzählt, dass all die beeindruckend konstruierten Gebäude aus Glas, Stahl und Beton jeweils nur ein einziges Mal in der Stadt stehen. Eines sieht aus wie ein riesiges Feuerzeug mit Flamme. Dann setzt er uns am so genannten Lolli, dem Baiterek ab, einem Aussichtsturm, dessen Stahlkonstruktion ungefähr dem auf dem Kopf stehenden Eifelturm entspricht, auf dem eine begehbare Kugel ruht. Der Bau weist Ähnlichkeiten mit der kasachischen Fahne auf und ist das Wahrzeichen der Hauptstadt. Von oben hat man einen wunderbaren Blick über die futuristischen Bauten, Parks, die wie Schmuckornamente gestaltet sind, den Fluss und die endlose Steppe. Universitäten, Theater, Sportpaläste, Regierungsgebäude, Weltausstellungsgelände, Weltraumzentrum... Nach einer Woche dörflicher Stille in Turgenevka schwirrt uns bald der Kopf, was aber auch an den Temperaturen liegen mag, die heute deutlich über dreißig Grad liegen. Am frühen Abend verabschieden wir uns mit herzlichem Dank von unserem Taxi-guide, taumeln in eine klimatisierte Pizzeria und sind völlig überrascht, dass diese sich als Edelitaliener entpuppt. Dort lassen wir es uns bei Suppen, Salaten, Pizza, Wasser und Eis gut gehen.

Von den nun folgenden Tagen in Astana gibt es fünf bemerkenswerte Erlebnisse zu berichten:

Erstens ein Frisörbesuch, der ganz anders verlief als geplant, zweitens die kasachische Liebenswürdigkeit und Gründlichkeit, mit der Fremden in Schwierigkeiten geholfen wird, drittens das Nationalmuseum, des Weiteren die digitalen Herausforderungen des dreisprachigen McDonald´s und last, but not least das Erlebnis mit den Blumen. Aber der Reihe nach:

Eines der Hauptziele unserer Reise nach Kasachstan war, wie gesagt, eine Frisur, mit deren Gestaltung sämtliche deutschen Hairstylisten komplett überfordert sind. Also stand der Termin bei der Frisörin ihres Vertrauens schon lange vor unserer Abreise fest, konnte jedoch bedauerlicherweise nicht wahrgenommen werden, weil sie ausgerechnet an jenem Tag mit einem soliden Sonnenstich zusammensackte. Mit knapper Not schafften wir es noch in eine klimatisierte Boutique, wo sie auf den Bodenfliesen liegend langsam wieder abkühlte, bis eine rührende Verkäuferin uns eine Bank zwischen die Kleiderständer schob, auf der sie ruhen konnte, einen zusätzlichen Ventilator aufstellte und ihre Trinkwasserflasche opferte, um sie wiederzubeleben, was gar nicht so leicht war. Irgendwann war sie Gott sei Dank wieder ansprechbar und drängte mit klappernden Zähnen zum Aufbruch. Ihre Beine trugen sie allerdings noch nicht, was sie in tiefe Verzweiflung stürzte, denn SIE WOLLTE ZUM FRISÖR! Um unseren ungeplanten Aufenthalt in dem Laden moralisch zu rechtfertigen, kaufe ich nach ungefähr einer Stunde Krankenpflege zwischen Edelklamotten ein türkisfarbenes Seidenkleid, das mich für den Rest meines Lebens an jenen Sonnenstich erinnern wird. Da aber eine Held ohne t durch nichts zu erschüttern ist, steht sie irgendwann bleich und zitternd auf, um allen Ernstes zu besagter Frisörin zu wanken, die am anderen Ende der Stadt arbeitet.

Sag mal, bist Du eigentlich noch ganz bei Trost?

Aber ich will zum Frisör!

Da ihr Verstand offensichtlich noch nicht wieder voll funktionsfähig ist, übernehme ich die Führung und zwinge sie zunächst, einen Hut zu kaufen.

Das ist keine Bitte, sondern ein Befehl!

Unter einem Vorwand entlocke ich ihr die Adresse des Salons, geleite ich sie dann von Schatten zu Schatten zum Hotel, lege sie auf ihr Bett, befehle ihr, Wasser und süßen Tee zu trinken und bitte dann die Damen an der Rezeption, den Termin wegen Krankheit abzusagen. Zwar trinkt sie tapfer in kleinen Schlucken alles, was auf ihrem Nachttisch steht, aber erst, als ich ihr verspreche, dass wir, sobald es ihr wieder gut geht, den Hotelfrisör konsultieren, fällt sie in unruhigen Schlaf.

Am Abend ist es dann soweit: Wir gehen in den Wellness-Komplex, wo man uns im fünften Stock in einen

Raum mit herrlicher Aussicht über die Stadt bittet. Was dann folgt, entzieht sich meinem Verständnis, denn sie berät auf Russisch mit der reizenden Frisörin, was für Optionen es für ihr Haar gibt. Die Damen diskutieren und gestikulieren lebhaft hin und her bis sie sich auf das Prozedere, den Preis und einen Termin geeinigt haben. Morgen um 14 Uhr.

Wieder im Hotel angekommen, wird der Safe geplündert und der Zaster gezählt. Auf der Bettkante sitzend, stapelt sie bunte Spielgeldscheine, nach Farben, Mustern und Zahlen sortiert, vor sich auf dem Teppich, legt Euroscheine dazwischen und tippt mit steilen Falten auf der Stirn hochkonzentriert unter zunehmender Nervosität auf dem Umrechnungsprogramm ihres Handys herum. Entschlossen, einen Überblick über ihr Vermögen zu erlangen, spricht sie sich Zahlen, Währungen und Additionsaufgaben laut vor.

Rechnen ist nicht ihr Metier und gegen die Mathematik pflegt sie eine gegen alle Belohnungen, Hilfsangebote, Drohungen und Diskussionen resistente Abneigung. Nun aber befindet sie sich in einem fiesen Interessenskonflikt, denn da sie unbedingt zum Frisör will, koste es was es wolle, muss sie sich den rechnerischen Vorbereitungen unterwerfen, um festzustellen, ob sie die Rechnung für die neue Frisur anschließend auch begleichen kann. Es führt kein Weg vorbei an der Mathematik, ob sie will oder nicht, und sie gibt alles! Diese Szene rührt mich zutiefst.

Nun wirft sie mir aus großen, ehrlichen Augen einen ihrer flehenden *Kannst-Du-das-nicht-mal-eben-rechnen-Blicke* zu, dem ich fast erliege, aber die Welt ist voller Betrug, und sie muss sich irgendwie in ihr behaupten, auch ohne Hilfe.

Rechne das einfach ein paar Mal durch, und wenn sich ein Ergebnis mehrfach wiederholt, ist die Wahrscheinlichkeit ziemlich groß, dass es richtig ist.

Tapfer macht sie weiter, schließlich ist sie eine Held ohne t und außerdem WILL SIE ZUM FRISÖR und ist schon sooooooo nah dran.

Irgendwann errechnet sie mit rauchendem Kopf ein Ergebnis, das einem der vorherigen ähnelt und lächelt mich hilfesuchend an.

Stimmt das jetzt so ungefähr?

Haut hin!

Erleichtert und zufrieden verstaut sie die Scheine wieder im Safe. Nun kann nichts mehr schiefgehen…

Am nächsten Vormittag besuchen wir das kasachische Nationalmuseum, in welchem wir uns auf die Geschichte und die Lebensweise der Nomaden konzentrieren. Die Ausstellung ist wirklichkeitsnah, abenteuerlich und somit sehr besucherfreundlich. Wir klettern mit klopfenden Herzen unter einem sehr echt aussehenden, ausgestopften Leoparden, der auf einem Felsvorsprung lauert, in eine Höhle, in der sich eine Feuerstelle befindet und setzen uns auf fellbespannte Baumstämme. Fehlt nur noch der gegrillte Hase. Ein paar Räume weiter schauen wir in eine voll ausgestattete, sehr gemütlich anmutende Jurte, bewundern bunte Kostüme, Webstühle, Werkzeuge und zu guter Letzt die Goldkammer, wo wir vor allem das Gold an den Sätteln, Trensen und in den Mähnen der lebensgroßen Pferdestatuen bestaunen. Die Kasachen haben ihre Reittiere schon immer geliebt und tun das heute noch.

Und dann ist es endlich soweit. Ich bringe sie in die Beautyabteilung des Hotels, überlasse sie den kundigen

Händen der reizenden Hairstylistin und laufe dann allein durch die Stadt, um Wasser und ein paar Lebensmittel zu besorgen. Angesichts der zu erwartenden Frisör-Rechnung hatte sie vorgeschlagen, dass wir es uns ja auch einmal mit Nüssen, Früchten und Brot in ihrem Zimmer gemütlich machen könnten, statt essen zu gehen. Noch ein solides Ergebnis ihrer Rechenanstrengungen. Es macht Spaß, allein durch die Hauptstadt zu streunen, denn überall sind vertrauenerweckende, freundliche Menschen, die meine russisch-gestisch-mimisch-logopädische Universalsprache zu verstehen bemüht sind. Nachdem ich unser Abendessen im Rucksack habe, bestelle ich mir in einem Café einen Cappuccino und ein Eis, plaudere ein wenig mit dem Kellner, der außer im Fernsehen noch nie eine Deutsche gesehen hat, und erfreue mich am Anblick der bunten Mischung von durchgestylten jungen Kasachen, Russen und Chinesen, traditionell gekleideten Bauern und umhertollenden Kindern jeder Kategorie und jeden Alters.

Als ich zurückkehre, fehlen mir die Worte. Soooooo schön ist ihre neue Frisur! In braunen, von rotgolden schimmernden Strähnen durchzogenen Wellen fallen ihre glänzenden Haare weich auf die Schultern. Lächelnd reicht sie mir ihr Handy, und selbstverständlich fotografiere ich diese Pracht von allen Seiten in allen Beleuchtungen und vor sämtlichen für würdig befundenen Hintergründen, einschließlich des Spiegels im Fahrstuhl und auf dem Sofa unter einem Gemälde in der Suiten-Etage des Hotels. Im Abendlicht der langsam untergehenden Sonne trägt sie ihr Haar anmutig durch die Straßen Astanas und wie selbstverständlich endet der Weg bei unserem

Edelitaliener, wo man uns herzlich begrüßt und unter bewundernden Blicken, die ausschließlich ihrer Schönheit gelten, zu unserem Tisch geleitet. Nüsse und Brot können wir ja schließlich auch morgen oder übermorgen noch essen …

Auf unseren Streifzügen durch die heiße, sonnige Stadt, trotz der neuen Frisur stets mit Hut von Schatten zu Schatten hangelnd, gelüstet es uns gelegentlich nach einem Taxi, das uns zum Hotel zurückfährt. Mangels Internetzugang können wir das jedoch nicht selbst rufen, bitten also in solchen Momenten den Nächstbesten, uns behilflich zu sein. Alle, aber wirklich ausnahmslos alle hören uns geduldig zu, bis geklärt ist, wo genau wir hin wollen. Dann ruft man uns ein Taxi, was mitunter mehrerer Anläufe bedarf, wartet an unserer Seite, bis das Auto mit der richtigen Nummer kommt, handelt mit dem Fahrer den Preis aus, öffnet uns die Tür, setzt uns hinein und winkt zum Abschied, bis wir außer Sichtweite sind, nicht ohne das Nummernschild des Wagens fotografiert zu haben. Wenn ich daran denke, was für Vorsichtsmaßnahmen ich mir vor unserer Abreise gegen alle möglichen vermeintlichen Gefahren in Astana überlegt habe, werde ich heute noch rot. In diesem Land, in dem man zwischen fünfzig Grad über und unter null, zwischen Jurten und Wolkenkratzern, zwischen uralten Treckern und der Weltraumstation in Baikonur, zwischen Steppe und Stadt, zwischen arm und reich, zwischen Ost und West, zwischen Diktatur und persönlicher Freiheit überlebt, kümmert man sich um Fremde wie um Freunde. Das. Ist. Gastfreundschaft.

Neben dem Hotel Jumbaktas befindet sich ein McDonald´s, in dem viele Geschäftsleute und Angestellte der umliegenden Büros ihre Mittagspause verbringen. Auch einige gut betuchte Teenager bestellen sich hier ihre Burger, um sie dann entweder draußen unter riesigen Sonnenschirmen oder drinnen bei laufender Klimaanlage zu essen. Fastfood ist günstiger als die edlen Pizzen und Pasta beim Italiener, und so zieht es auch uns heute dorthin. Pommes und Salat, zum Nachtisch vielleicht ein Eis, das wäre jetzt genau das Richtige. Sie tippt und wischt bereits hungrig auf einer riesigen Glasscheibe mit schnell wechselnden Bildern appetitlicher Köstlichkeiten herum und stellt sich anschließend in die Reihe der Wartenden.

Super, hier kann ich mit Karte zahlen. Hast Du keinen Hunger?, fragt sie irritiert.

Verflixt! Es geht einfach zu schnell! Obwohl ich die vielen Menschen vor diesen riesigen Displays genau beobachte, begreife ich nicht, wie man so einer Mattscheibe klar macht, was man essen will.

Leise Verzweiflung über meinen digitalen Analphabetismus mischt sich mit Scham. In allerletzter Sekunde sehe ich aus dem Augenwinkel schräg hinter mir einen Stand mit einem echten, freundlichen Menschen, der einer eleganten Chinesin im Buisiness-Kostüm einen Becher Kaffee und ein Stück Kuchen ihrer Wahl freundlich auf ein Tablett stellt, nachdem sie lächelnd mit dem Finger darauf gezeigt und echte Wörter dazu gesprochen hat! Russisch? Kasachisch? Chinesisch? Englisch mit asiatischem Akzent??? Zu schnell! Jedenfalls tippt, nun ebenfalls lächelnd, besagter freundlicher Mensch auf eine scheinbar echte Kasse ein und nennt in echten, freundlichen Worten den zu zahlenden Betrag, der obendrein in arabischen Zahlen auf der Kasse erscheint. Die Dame entnimmt ihrem Portemonaie keine Karte, sondern echtes Spielgeld, zahlt und erhält ein paar echte Münzen und einen farbenfrohen Schein zurück, bevor sich die beiden lächelnd mit freundlichen Worten und offensichtlich besten Wünschen für den Rest des Tages voneinander verabschieden. Das könnte glücken!

Ich hab mehr Lust auf Kaffee und Kuchen,

lüge ich erleichtert und schlendere lässig zu jenem lebendigen Menschen, der mich augenblicklich lächelnd in freundlichen Worten welcher Sprache auch immer nach meinen Wünschen fragt. Na bitte, geht doch! Oder vielleicht doch nicht???

Und nur, um es gleich zu sagen: Weder der Cappuccino noch der Kuchen haben mir geschmeckt, und das lag nicht an deren Qualität.

Neidisch beobachte ich, wie sie ihre Pommes aus der Tüte zupft und lustvoll in einen Burger beißt. Dazu erzählt sie, dass man hier anders als in Deutschland weiß, wie lecker Pommes schmecken, die man in angeschmolzenes Schokoladeneis getunkt hat. Blöderweise fehle ihr dafür das Eis, aber das hole sie sich gleich noch.

Das muss man den Deutschen mal zeigen. Genauso wie das mit dem Bier! Das muss man den Kasachen zeigen. Wenn ich ihnen das nicht beibringe, sitzen die noch ewig vor einem Glas, in dem wenig Bier und ganz viel Schaum ist und trinken das Ganze dann auch noch mit dem Strohhalm.

Lachend schüttelt sie ihre herrliche Haarpracht.

Soll ich Dir noch was mitbringen?

Nein Danke. Hab keinen Appetit mehr.

Ehrlich gesagt ist mit ein bisschen übel, was, wie gesagt, weder am Kaffee noch am Kuchen, sondern an der Erkenntnis liegt, dass es so nicht weitergehen kann…

Vor vielen Jahren hat sie von mir gelernt, wie unfrei man ist, wenn man einen blöden, langweiligen Tee statt köstlichen, heißen Kakao mit Schlagsahne bestellt, bloß weil man genau weiß, dass man bereits beim ersten K von Kakao stottern wird…

In buchstäblich jedem Augenblick dieser Reise, erfreut es mein Herz, wenn ich sehe, wie frei sie lebt… Es ist wohl an der Zeit für ein Geständnis…

Während sie unter den interessierten Blicken der am Nebentisch sitzenden Halbwüchsigen lauwarme Pommes einzeln in ihr schmelzendes Schokoladeneis tunkt und dann genüsslich verspeist, nehme ich mental Anlauf, um über meinen rabenschwarzen digitalen Schatten zu springen.

Ich wollte gar keinen Kaffee und auch keinen Kuchen. Ich wollte auch Pommes…

Sie hält inne.

Warum hast Du Dir die dann nicht geholt?

Weil ich nicht so ganz genau weiß, wie man das macht!

Fassungslos starrt sie mich an.

Schweigt.

Ja, also… Ich kenn mich nicht so richtig gut aus mit diesen Tafeln. Du weißt schon…

Sie schweigt noch immer. Legt ihre schokoladenverklebten Pommes einem kleinen Spatzen hin, der neugierig näher kommt, offensichtlich interessiert, wie das wohl schmeckt.

Genaugenommen bin ich ein digitaler Komplettausfall! Punkt!

So, nun ist es gesagt!

Es folgt eine Pause…

Und dann wird ihr Blick weich… Warmherzig und mitleidvoll schaut sie mich an.

Du hast also irgendwas an dem Stand bestellt, wo man direkt bestellen kann, weil Du darauf zeigen konntest.

Und reden. Man kann dort mit lebendigen Menschen sprechen. Das liegt mir mehr. Hat auch sehr gut geklappt, also die Verständigung, meine ich. Und das Zahlen auch. So ganz ohne Karte…

Nur hast Du nicht das bekommen, was Du wolltest. Klingt ziemlich unfrei…, analysiert sie messerscharf.

Jawoll! Gelernt ist gelernt! Einen klitzekleinen Augenblick des Stolzes gönne ich mir. Irgendwas habe ich damals richtig gemacht…

Das lernst Du!, beschließt sie. *Komm mit! Ich zeig es Dir!*

Unter den verblüfften Blicken der übrigen Gäste stehen wir auf und überlassen das schmelzende Eis und die kalten Pommes dem Piepmatz.

Genau das ist der Moment, in dem ich mich dem digitalen Zeitalter zuwende, anstatt weiter auszuweichen. Wir stellen uns in eine Schlange vor einer der vier Scheiben, und als wir dran sind, blockieren wir diese hemmungslos solange, bis ich unter ihrer geduldigen, liebevollen Anleitung, mehrfach ein Menü, also mein Menü, zusammengestellt, nach persönlichem Geschmack verändert und wieder gelöscht habe. In diesen zehn Minuten erschließt sich mir, wie logisch und simpel das Ganze ist. Und in den nächsten zehn Tagen lässt sie keine Gelegenheit verstreichen, mich wieder und wieder digital schalten und walten zu lassen. So ist sie… Geduldig, gründlich und liebevoll… Eine wunderbare Lehrerin.

An unserem letzten Abend in Astana sitzen wir tiefenentspannt mit hochgelegten Beinen vor dem riesigen Panoramafenster ihres Zimmers, lassen unseren Blick träge über die ständig bewegte Stadt unter uns schweifen, trinken Tee, schälen Mandarinen und knabbern Nüsse, salziges Gebäck und Brot. Langsam wird es dunkel, und die unzähligen bunten Leuchtreklamen wandern über die gläsernen Wände der Wolkenkratzer…

Manchmal frage ich mich, wie ich eigentlich bin… Also mal bin ich so, mal so und dann wieder ganz anders…

Leise und ernst spricht sie in die Dämmerung hinein, ohne ihre Blickrichtung zu verändern.

Wie meinst Du das?, hake ich nach und nehme ein paar Pistazien.

Na ja… keine Ahnung, ich bin so unterschiedlich, je nachdem, mit wem ich gerade zusammen bin…

Die Frage beschäftigt sie also noch immer, und sie sucht nach einer Antwort.

Du meinst, dass Du verschiedenen Menschen verschiedene Seiten von Dir zeigst?

Ja, und deswegen weiß ich nicht, wie ich wirklich bin…

Herausfordernd wendet sie sich mir zu.

Vor allem aber weiß ich, glaube ich, auch gar nicht, WER ich bin.

Sie will eine Antwort. Sie braucht eine Antwort.

Ich kaue Pistazien, denke nach.

Also so wirklich ganz und gar eindeutig ich selbst kann ich nur in Turgenevka sein. Nur da. So bin ich wirklich…In Alexandravka war das schon wieder ein bisschen anders. Da wusste ich nämlich noch vom letzten Jahr, als ich mit meinem Opa dort war, ganz genau, wie Vika mich am ersten Tag eingeschätzt hat. Sie dachte, ich sei total langweilig und schüchtern und so. Und dann war sie völlig überrascht, als sie merkte, dass ich so überhaupt nicht bin. Später hat sie mir erzählt, dass sie keine Ahnung hatte, wie cool und lustig ich sein kann…

Mehr Nüsse!

Das mit dem Stottern lag auch daran. Ich wollte nämlich nicht wieder falsch eingeschätzt werden. Also hab ich ihr das gezeigt, als wir geredet haben.

Das war total anstrengend, aber ich wollte das Gespräch nicht abbrechen, weil es so spannend war.

Noch mehr Nüsse!

Und deswegen weiß ich nicht, wie, vor allem aber, WER ich wirklich bin. Verstehst Du?

Ihre Stimme ist klar. Ihre Worte sind eindringlich. Sie will jetzt wirklich eine Antwort. Es ist ihr soooooo ernst.

Ja, das verstehe ich. Du bist nun einmal sehr vielschichtig… Und empathisch…

Ich trinke einen Schluck Tee… Suche nach den richtigen Worten…

Weil Du Dich so ungewöhnlich gut in andere hineinversetzen kannst und spürst, in welcher Lage sie sich befinden, gibst und zeigst Du ihnen das, was sie gerade brauchen… Das ist eine besondere Gabe. Du entfaltest eben genau den Teil Deiner

Persönlichkeit, der gerade gefordert ist. Diese Flexibilität haben nicht viele Menschen…

Nüsse!

Das stimmt schon, aber es verwirrt mich! Ich weiß dann, wenn ich allein bin, selbst nicht mehr so genau, wie ich eigentlich bin. Und ich weiß nicht, WER ich bin.

Nüsse. Und ein bisschen Tee…

Du bist eben kein Kaktus, sondern eine Blume.

Sie lässt mich nicht aus den Augen… Wartet… Nagelt mich mit einem ihrer *Könntest-Du-Dich-bitte-etwas-klarer-ausdrücken!*-Blicke fest… Und sie hat Recht. Sie hat das Recht auf eine Antwort. Bei einer weiteren Hand voll Nüsse und ein paar Schlucken Tee zeichnet sich allmählich eine Formulierung vor meinem inneren Auge ab:

Na ja. Ein Kaktus ist ziemlich unflexibel. Der wächst irgendwo langsam vor sich hin, ohne sich wirklich zu bewegen. Wer ihm begegnet, kann ihn ansehen, einen Bogen machen, oder sich fürchterlich piksen, wenn er versehentlich über ihn stolpert. Aber viel mehr passiert nicht in seinem Leben. So ein armer Kaktus hat kaum Möglichkeiten, zu reagieren, zu kommunizieren. Er ist eben ein Kaktus. Sonst nichts.

Du dagegen bist wie eine Blume, die dem Licht entgegenwächst und dabei eine Blüte nach der anderen entfaltet, je nachdem, wie warm es gerade ist, ob es regnet, oder die Sonne scheint. Wenn es dunkel wird, können die Blüten sich wieder schließen, wenn es hell wird, öffnen sie sich von neuem. Die Umgebung wechselt ja ständig und eine Blume ist glücklicherweise so flexibel, sich immer wieder neu auf die Veränderungen einzustellen. Nur deshalb ist sie in der Lage, sich irgendwann in voller Pracht zu entfalten und alle Blüten leuchten zu lassen.

Turgenevka ist anders als Alexandravka. Jeder Mensch, mit dem Du zusammentriffst ist anders. Und so entfaltest Du eben immer andere, neue Seiten Deiner vielen persönlichen Möglichkeiten und blühst auf wie eine besonders schöne Blume…

Schweigen… Tee… Nüsse… und plötzlich sagt sie mit leicht heiserer Stimme in die Stille hinein:

Da drüben an dem Hochhaus, da entfalten sich gerade ganz viele Blumen… Siehst Du die???

Und tatsächlich! Eine riesige Blume nach der anderen öffnet ihre Blüten, zeigt sich in ihrer vollen Schönheit, leuchtet so intensiv, dass man fast meint, den Duft wahrnehmen zu können. Wunderbar sieht das aus. Unglaublich…

Wofür auch immer diese Leuchtreklame stehen mag, für sie ist es die Veranschaulichung einer Erkenntnis über sich selbst…

12

Mit einer Fokker 100 unklaren Baujahres überfliegen wir die kasachische Steppe in Richtung Almaty, der Stadt im Süden, die am Fuße hoher, schneebedeckter Berge liegen soll. Vorstellen kann ich mir das kaum, denn die Weite scheint so unbeschreiblich endlos zu sein. Am Flughafen in Astana hatten wir als erstes meinen Koffer zur Waage geschleppt, der zu ihrer maßlosen Enttäuschung genau 22,8 Kilo wog, und sie insofern um das Vergnügen des Verkleidens brachte. Was hätten das für Fotos werden können! Nun sitzt sie neben mir, schaut aus dem Fenster und erwähnt beiläufig:

Ich bin froh, dass ich ungebunden bin und reisen kann, wohin ich will. Wenn ich jetzt einen Freund hätte, müsste ich alles mit ihm absprechen. Stell Dir das bloß mal vor. Der würde bestimmt Stress machen. Alle meine Freundinnen wollen unbedingt in einer Beziehung leben. Nur ich nicht. Das verstehen die einfach nicht. Mein Motto ist: Single bleiben, Stress vermeiden!

Nun muss ich lachen! Das ist wirklich eine bemerkenswerte Ansage, zumal von einer so attraktiven, jungen Frau.

Wo hast Du denn den Spruch her?

Ist von mir! Das reimt sich sogar, erklärt sie stolz.

Also, natürlich muss ich auch auf einiges verzichten, fährt sie erläuternd fort, *aber meine Freiheit ist mir sehr wichtig. Jetzt gerade habe ich nämlich Lust, mir die Welt anzusehen. Für Männer ist später ja noch genügend Zeit.*

Einer ihrer *Was-meinst-Du-dazu-*Blicke verdeutlicht unmissverständlich, dass sie eine geistreiche Stellungnahme von mir erwartet.

In Ermangelung von Nüssen öffne ich umständlich eine gut versiegelte Kekspackung, die mir eben der Stewart von Bek-Air in die Hand gedrückt hat und halte sie ihr, nachdem alle überflüssigen Folien entfernt sind, hin. Sie bedient sich wortlos. Wartet auf eine Antwort.

Klingt ziemlich gut durchdacht.

Auch ich nehme einen Keks und knabbere ihn an.

Also mit den Männern ist das so eine Sache, überlegt sie nun. *Sie können ja sehr nett sein, aber so eine Reise wie wir sie jetzt machen, wäre mit einem Mann bestimmt viel komplizierter.*

Zweifellos! bestätige ich und bin maßlos erleichtert, dass mir ein ehrlicher Kommentar zu einem so heiklen Thema einfällt.

Siehst Du, deshalb bleibe ich lieber noch ein paar Jahre single. Sollen sich doch meine Freundinnen mit den Männern auseinandersetzen. Ich werde reisen.

Nun, da das geklärt wäre, setzt sie ihre Kopfhörer auf die hübsche Frisur und widmet sich der eingefangenen, russischen Musik.

Irgendwann tauchen wie aus dem Nichts am Ende der Steppe die versprochenen, verschneiten Gipfel der riesigen Berge zwischen

Kasachstan, Kirgistan und China auf, ein atemberaubender Anblick. Davor liegt Almata, Alma Ata oder Almaty, eine über Jahrhunderte gewachsene, charaktervolle Stadt, die geprägt wurde von sämtlichen Mentalitäten, die jemals auf der Seidenstraße unterwegs waren.

Noch während wir am Kofferband stehen, entdeckt sie in der hinter der Absperrung wartenden Menge einen sympathisch aussehenden Herrn, der ein Schild mit ihrem Namen in die Höhe hält.

Sieh mal, wir werden schon erwartet!

Und da wir auch an diesem Ort auffallen wie bunte Hunde, hat er uns ebenfalls bereits als seine Fahrgäste ausgemacht. Fröhlich winkend lacht er sie an, und sie lächelt zurück.

Wenn er so nett ist wie Siat, dann darf er uns die Umgebung zeigen, beschließt sie abenteuerlustig.

Und er *ist* so nett wie Siat! Mindestens! Strahlend begrüßt er uns, hält ihr, das heißt eigentlich ihrem Koffer, die Hand hin, die sie zu seinem Erstaunen schüttelt, was hier zwischen Männern und Frauen unüblich ist, nimmt dann aber doch noch wie geplant ihr Gepäck, erkundigt sich nach unserem Wohlbefinden, geleitet uns zu seinem gediegenen Taxi, öffnet mir die hintere Tür, schließt die vordere, nachdem sie auf dem Beifahrersitz Platz genommen hat, wählt mit Bedacht die Musik (FM 1, P5 *Love*), zu welcher er uns durch die Stadt fährt und erklärt uns alles Sehenswerte. Als das herrliche Lied Life Zivert erklingt, tut sie genau das, was ihrem Naturell entspricht und singt voller Lebenslust mit. Ihre Haare wehen im Wind, der durch die offenen Fenster den Duft dieser Stadt hineinträgt. Gelegentlich schaut unser Fahrer auf die Straße, ganz überwiegend jedoch zu ihr. Ihren

Vornamen möchte er wissen, und irgendwann verrät sie ihm diesen, woraufhin er ihn so oft wie möglich nennt und dabei ganz offensichtlich jeden einzelnen Laut genießt. Die beiden plaudern angeregt über alles Mögliche, von dem sie mir das ein oder andere übersetzt. Als wir vor dem Hotel parken, gibt er die Nummer seines Handys, damit sie ihn jederzeit anrufen kann, wenn sie irgendeine Form von Hilfe braucht. Außerdem haben sie bereits verabredet, wann er am kommenden Morgen wieder da sein wird, um uns herum zu fahren.

Sag mal, wie heißt unser Taxi-guide eigentlich dieses Mal?

Ich finde, er sieht aus wie ein knuffiger Teddybär. Nennen wir ihn also Teddy, dann brauchst Du Dir keinen komplizierten kasachischen Namen zu merken, schlägt sie vor, und ergänzt: *Die Nummer seines Taxis lautet 619.*

Teddy 619. Sehr hilfreich, vielen Dank.

Ausgeschlafen und unternehmungslustig stehen wir anderntags pünktlich bereit, als Teddy 619 in seinem gediegenen, frisch polierten Taxi auch schon angerollt kommt. Er fährt uns durch die nach Pinien duftende Altstadt, zeigt uns das Museum für kasachische Volkmusikinstrumente in einem stielvollen, verwinkelten, mit Türmchen verzierten Holzgebäude, den Green-Basar, wo es von Obst und Gemüse über Backzutaten und Kuchenformen bis hinzu geschlachteten Schafen, Rindern und Federvieh alles zu kaufen gibt, was essbar ist. Wir sehen fantasievolle Pappmaché-Fassaden wie aus tausend und einer Nacht, vor denen Hochzeitsfotos gemacht werden, riesige Festhallen, in denen Hochzeiten gefeiert werden können, denn, so erläutert Teddy, wenn die Kasachen heiraten, tun sie das mit mindestens zweitausend Gästen. Wir sind in jeder Hinsicht beeindruckt.

Gegen Mittag setzt er uns am Fuße des Kök Töbe ab, dem *grünen Hügel*, zu welchem uns eine Seilbahn emporschaukelt. Und von dort oben kann man tatsächlich die Weite der Wälder und Berge erahnen, die sich bis nach China hinziehen... Nicht zu fassen...

Außerdem gibt es hier einen kleinen Vergnügungspark, der ein 9-D-Kino bietet, das auszuprobieren sie gewillt ist.

Kommst Du mit?

Lieber passe ich auf ihr Handy und die Handtasche auf, denn der Chef des Kinos besteht darauf, dass sie alles bis auf die Kleidung ablegt. Freiwillig und im Vollbesitz ihrer geistigen Kräfte lässt sie sich mit einer Vielzahl von Gurten auf einem Sessel festschnallen, setzt eine riesige Brille auf und wählt einen Film.

Machst Du bitte ein Video?

Aber gern.

Gezwungenermaßen sehe ich nun also mit an, wie besagter Sessel mit ihr unmittelbar darauf beginnt unkontrolliert zu schaukeln, zu ruckeln, zu schwingen, sich über Kopf zu drehen und dann plötzlich in dieser Position stehenbleibt. Mit zunehmender Übelkeit filme ich, wie er mit ihr Saltos macht und sie nach allen Regeln der Kunst durchschüttelt. Tiefstes Mitleid überlagert meine Erleichterung darüber, dass nicht ich diesem Ding hilflos ausgeliefert bin. Die Ärmste! Erst der Sonnenstich und nun das. Sie wird Stunden, wenn nicht Tage brauchen, um sich davon zu erholen... Als der Spuk endlich vorbei ist, eile ich auf zitternden Knien wankend zu ihr, um sie zu stützen beziehungsweise hinter den nächsten

Busch zu führen, was aber erstaunlicherweise nicht erforderlich zu sein scheint. Sie taumelt nicht einmal, sondern strahlt mich erwartungsvoll an:

Hast Du das Video gemacht? Zeig mal her!

Ich gebe ihr das Handy, auf dem die Tortur dokumentiert ist.

Ist Dir denn gar nicht schlecht???

Nee, wieso fragst Du? Ungeduldig tippt und wischt sie offenbar erfolglos auf dem Display herum.

Dann durchbohrt mich ein vorwurfsvoller Blick.

Du hast nur drei Sekunden gefilmt! Was ist denn da schon wieder schief gegangen?

Ich habe nicht die geringste Ahnung, wahrscheinlich war das Handy mit dem Motiv hoffnungslos überfordert.

Für solche Szenen sind die Dinger ja nun nicht unbedingt konstruiert.

Schmunzelnd schüttelt sie den Kopf.

Na, ja, macht nix, dahinten ist noch ein 7-D-Kino, versuchst Du es da noch einmal, oder willst Du selbst mit rein?

Och, nee, ich mach lieber das Video…

Super, komm, ich zeig Dir noch einmal genau, wie das geht.

Überflüssig zu erwähnen, dass sie auch diese Ruckelschaukelsaltorunde genoss, ohne zu erbleichen, obgleich zwei Dimensionen weniger vermutlich nicht ganz so schockten.

Später kommen wir am Denkmal der Beatles vorbei, die in Bronze gegossen auf einer Bank sitzen. Wir setzen uns dazu und… genau… lassen uns von einer freundlichen Dame, der sie lächelnd ihr Handy in die Hand drückt, fotografieren.

Ein paar Schritte weiter sitzt ein Adler auf einer Stange. Sie bleibt vor dem erhabenen Tier stehen und betrachtet es hingerissen. Ganz langsam tritt sie näher, streckt vorsichtig ihre Hand aus und streichelt zaghaft, mit unglaublicher Zärtlichkeit den Flügel des majestätischen Vogels, dieses lebendigen Symbols Kasachstans. Es ist eine anrührende Geste, in der sich die Vielfalt aller Gefühle widerzuspiegeln scheint, die sie mit ihrem Heimatland verbindet. Tränen glitzern in ihren Augen…

13

Anderntags suchen wir die Kirche, in der die Kreuze zum Schutze der Täuflinge geweiht werden sollen. Sie steht bunt und wunderschön mit Kuppeln, Türmchen, Bögen und Ornamenten verziert in einem Park unweit des Hotels und ist geöffnet. Über eine weiße Treppe gelangen wir in einen nach Weihrauch riechenden Vorraum, wo ein Ständer mit Tüchern für die Frauen steht. Artig nehmen wir uns zwei und legen sie um Haar und Schultern. Aus dem Inneren dringen Gesänge, die mich neugierig machen. Wir gehen hinein. In einem Seitentrakt der heiligen Halle steht eine Gruppe Gläubiger um einen Kindersarg herum und singt im Wechsel mit einem alten, bezopften Priester wohlklingende Weisen. Letzterer schwenkt gestikulierend, betend und singend ein rauchendes Gefäß. Gelegentlich gibt er es seinem jungen Kollegen, bekommt von diesem im Tausch eine Bibel gereicht, die er dann andächtig in die Höhe hält und anschließend küsst. Offenbar weiß jeder, wann er was zu tun hat. Dieser verlässliche, ritualisierte Ablauf scheint allen Beteiligten vertraut zu sein und vermittelt durch seine unmissverständliche Klarheit offensichtlich einen stabilen Halt.

Niemand weint… Eine faszinierende, bewegende Zeremonie.

Plötzlich bemerke ich, dass sie fort ist. Verschwunden. Nicht mehr da. Suchend schaue ich hinter alle Statuen, in alle schummerigen, von Kerzenlicht nur schwach beleuchteten Winkel sämtlicher Nebenräume. Nichts. Ich eile aus dem Halbdunkel des Gotteshauses hinaus und finde sie endlich draußen im hellen Sonnenschein stehen.

Da drinnen halte ich es nicht aus! In Kirchen fühle ich mich einfach nicht wohl, erklärt sie. *Lass uns dahinten mal nach den Kreuzen für die Kinder gucken.*

Sie deutet auf ein kleines Gebäude, in dem es offenbar alle möglichen Utensilien zu kaufen gibt, welche die Gläubigen für verschiedene Anlässe brauchen. Wir gehen hinüber, treten ein und schauen uns um. Kerzen, Bildchen mit Heiligen, Büchlein,

Fläschchen mit geweihtem Wasser, Spitzentücher und auch eine Glasvitrine mit Kreuzen aller Art und Größe... Gewissenhaft prüft sie das Angebot, zieht einige in die engere Wahl, macht davon Fotos und schickt diese per WhatsApp den Müttern der Jungen. Nachdem die Antworten aus Deutschland auf dem Handy grünes Licht gegeben haben, stellt sie sich in die Schlange derer, die etwas kaufen möchten und wartet geduldig, bis die etwas verhärmte Verkäuferin, die Haare und Schultern mit einem Spitzentuch verdeckt hat, bereit ist, die Glasvitrine zu öffnen und die hübschen Kreuze hervorzuholen. Andächtig werden sie von den beiden Frauen, die unterschiedlicher nicht sein könnten, betrachtet, dann sorgfältig verpackt und bezahlt, und anschließend versucht sie in Erfahrung zu bringen, auf welchem Wege jene Schmuckstücke sich in geweihte Kreuze verwandeln lassen.

Die Verkäuferin erläutert, man müsse morgen früh um halb acht zum Priester kommen, der würde dann Gebete sprechen, und sie müsste das ebenfalls tun. Der Blick, mit dem sie uns von Kopf bis Fuß prüfend mustert, signalisiert unmissverständlich, dass sie das sonnengelbe, geblümte Minikleid für unpassend erachtet. Wenn alles ordnungsgemäß erledigt wäre, würden die Kreuze ein paar Tage in der Kirche verbleiben und dann seien sie geweiht. Dankend nimmt sie das Päckchen mit dem noch ungeweihten Schmuck, legt es vorsichtig in ihre Handtasche und strebt dem Ausgang zu.

Schweigsam machen wir uns auf den Rückweg zum Hotel. Sie macht einen etwas bedrückten Eindruck…

Was hältst Du davon, wenn wir erst mal einen Kaffee trinken und ein leckeres Eis essen?

Dankbar lächelt sie mich an:

Ein sehr guter Vorschlag! Ich bringe nur schnell die Kreuze in den Safe! Bestell schon mal.

Während wir auf die Köstlichkeiten warten, kreisen komplizierte Gedanken sichtbar durch ihren Kopf. Versonnen löffelt sie ihr Eis…

Irgendwann scheint sich alles soweit sortiert zu haben, dass es formuliert werden kann:

Also das Schwierige an der ganzen Sache ist, dass ich nicht weiß, wie ich beten soll. Ich meine, sie hat doch gesagt, erst betet der Pope und dann muss ich das tun, aber sie hat nicht gesagt was und wie. Ich habe keine Ahnung von so was. Ich weiß nicht, wie das geht. Und dann noch morgens um halb acht. Kannst Du mir das vielleicht mal erklären? Du hast das doch studiert!

Das ist es also! Jetzt wird es ernst. In der Hoffnung auf eine Portion gemischter Nüsse greife ich zur Speisenkarte, schlage sie auf, stelle aber fest, dass die Schriften dieser Ausgabe sich auf Russisch und Kasachisch beschränken. Verflixt! Es muss auch ohne gehen. Eine echte Herausforderung… Also gut:

Du bist doch konfirmiert, nicht wahr?

Ja schon, aber ich weiß trotzdem nicht, was ich machen soll. Das ist schon sooo lange her. Ich glaube zwar irgendwie an Gott, aber in so einer Kirche mag ich nicht beten. Zu Hause ist das etwas anderes. Die Kirche kenne ich. Da bin ich schon als ganz kleines Kind herumgelaufen, wenn meine Mutter auf der Orgel für den Gottesdienst geübt hat. Aber in katholischen oder orthodoxen Kirchen fühle ich mich nicht wohl! Ich weiß auch nicht in welcher Sprache und was ich beten soll. Ich dachte, wir lassen die Kreuze da drei Tage liegen und dann sind sie fertig geweiht, und jetzt das!

Ehrliche Verzweiflung spricht aus ihren Worten.

Ich knabbere an der krümelnden Eiswaffel herum.

Also, wenn ich Dich richtig verstanden habe, glaubst Du an Gott, kannst aber mit dem, was man in dieser Kirche von Dir erwartet, nichts anfangen. Richtig?

Ja, genau. In katholischen Kirchen nicht und hier erst recht nicht.

Glaubst Du denn, dass es mehrere Götter gibt, oder nur einen einzigen?

Sie überlegt kurz.

Nee, es gibt nur einen Gott, aber hier in der Kirche haben die, glaube ich, eine andere Vorstellung von Gott als ich.

Die beiden Eiskugeln schmelzen langsam vor sich hin und verlaufen zu einer zweifarbigen Soße. Ich trinke einen Schluck Kaffee.

Wahrscheinlich gibt es so viele Vorstellungen von Gott, wie es Menschen gibt, die an ihn glauben.

Kann sein.

Einer ihrer *Das-kann-doch-jetzt-wohl-nicht-ernsthaft-die-ganze-Antwort-sein*-Blicke durchbohrt mich.

Mit dem Kaffeelöffel beginne ich, angelegentlich die zweifarbige Soße sorgfältig umzurühren, was jedoch augenscheinlich vollkommen sinnlos ist.

Jeder Mensch findet seinen eigenen Weg zu diesem einen Gott. Die einen mit dieser Religion, die anderen mit jener und einige auch ohne Religion. Nichts und niemand kann Dich zwingen, einen bestimmten Weg zu beschreiten, wenn es darum geht zu beten, um die Kreuze weihen zu lassen.

Pause.... Ratlos schaut sie mich an...

Ja, und was soll ich nun machen?

Ich koste die mittlerweile sehr gründlich verrührte lauwarme, süße Soße und lege den Löffel dann sorgfältig auf die rote Serviette.

Das, worauf es ankommt: Das Ziel ist doch, dass die Jungen zur Taufe geweihte Kreuze bekommen, die sie beschützen. Und um dieses Ziel zu erreichen, gibt jeder sein Bestes: Die Eltern möchten ihren Kindern den göttlichen Schutz mit auf ihren Lebensweg geben und lassen sie deswegen taufen. Du hattest die wundervolle Idee, für die Jungen zunächst zwei hübsche Kreuze in Kasachstan zu kaufen, dann eine besonders schöne Kirche zu suchen und dort den zuständigen Popen zu bitten, die Kreuze zu weihen. Die geweihten Kreuze willst Du den Kindern dann in Deutschland zur Taufe schenken, sodass sie mit Gott und auch mit den kulturellen Wurzeln ihrer Familie verbunden sind. Bisher ist alles nach Deinem Plan verlaufen. Nun brauchst Du nur noch mit dem Popen sprechen. Der wird dann genau das tun, was seine Religion verlangt, um die Kreuze nach bestem Wissen und Gewissen zu weihen, und wenn dazu gehören sollte, dass Du auch betest, dann kannst Du das auf Deine Weise tun. Niemand hat das Recht, Dir vorzuschreiben, wie Du es machst. Lass alles, was sich falsch anfühlt und tu nur das, was sich richtig anfühlt. Nimm also eine Haltung ein, die Dir passend und würdig erscheint, denke die Gedanken, die Du für angemessen hältst, und ob Du Deutsch oder Russisch betest, laut, leise oder stumm, das geht niemanden etwas an. Du machst es auf Deine Weise und der Pope auf seine. Das Ergebnis wird in jedem Fall sein, dass alle, nämlich die Eltern, der Pope und Du grundehrlich ihr Bestes gegeben haben, um die Jungen unter göttlichen Schutz zu stellen. Mit Kreuzen, die an einem heiligen Ort mithilfe aller erforderlichen Rituale und durch die Gebete verschiedener Menschen geweiht wurden. Und genau das wird Gott verstehen, weil sich jeder von Euch auf seine ureigene Weise in aller Form und Ehrlichkeit mit demselben Anliegen, nämlich der Bitte um Seinen Schutz für die Kinder, an Ihn gewandt hat. In allen Sprachen und Lautstärken, ob gesprochen, geschrieben, gesungen oder stumm gedacht. Das Ergebnis sind also absolut ehrlich geweihte Kreuze und somit die beste Voraussetzung für Gottes Schutz.

Sie schaut mich an, schenkt mir ein offenes, erleichtertes, warmherziges Lächeln. In ihrem Blick lese ich, dass sie verstanden hat, was ich ihr zu sagen versucht habe… Und dann macht sie mir ihr größtmögliches Kompliment:

Das hast Du so schön gesagt… schade, dass ich davon kein Video gemacht habe.

Nach unserer Kaffeepause beschließen wir, zu Fuß zum Green-Basar zu gehen, um weitere Aufträge zu erfüllen. Auf dem Weg dorthin werden wir von den Passanten angestarrt. Aus den Autos ebenfalls und auch im Basar. Während wir suchend zwischen den unzähligen Ständen umherirren, spricht man uns von allen Seiten und immer wieder in freundlich-neugierigem Tonfall an. Was genau die Leute von uns wollen, verstehe ich aber nicht, da mein Russisch sich auf zu wenige Worte beschränkt. Sie hingegen parliert locker nach links und rechts mit wildfremden Menschen. Es scheint ihr Spaß zu machen.

Was wollen die eigentlich dauernd von uns?

Du siehst so anders aus, lacht sie, *und man will wissen, woher wir kommen.*

Da sie schon einmal mit den Kasachen im Gespräch ist, erfragt sie gleich, wo wir finden, was wir suchen, und so lotst man uns hilfsbereit durch die verwirrenden Gassen zu einem Stand, an dem man sich mit allem ausstatten kann, was das Hobbybäckerherz begehrt.

Für die Taufe werden Backzutaten benötigt, von denen ich noch nie gehört habe. Förmchen, mit deren Hilfe Rosen, Engel und ähnliche Figuren kreiert werden können, die dann die Torten verzieren sollen. Glitzernder Goldpuder, mit dem man Erdbeeren vergolden kann,

Vanillezucker, der so hoch konzentriert ist, dass ich ernsthaft befürchte, bei der Einreise nach Deutschland den Argwohn der Zollbeamten auf uns zu ziehen. Des Weiteren suchen und finden wir Honig und Honigwaben, Pistazienmehl, Kokosmehl, Mandelmehl, Erdnussmehl und Sesamgebäck mit gehackten Nüssen. Später suchen wir den Ausgang aus dem Labyrinth der Markthalle und kommen an Ständen mit riesigen Wassermelonen vorbei, die man uns sehr gern verkaufen möchte. Zwar sehen sie höchst appetitlich aus, wiegen allerdings locker zehn Kilo, die zu schleppen die Vorfreude auf den Genuss erheblich schmälern würde. Stattdessen entscheiden wir uns für frische Himbeeren, die leichter zu tragen sind und ebenfalls schmackhaft aussehen. Am Stand nebenan schenkt man uns frische Macadamia-Nüsse, die so lecker sind, dass mein Verstand aussetzt und ich einen stattlichen Beutel voll erwerbe. Der Verkäufer weiht mich freundlicherweise in das Geheimnis des Nüsseknackens ohne Nussknacker ein und legt ein dafür geeignetes Plättchen dazu, mit dem es ganz leicht zu sein scheint. Als wir die schwere Beute unter der brennenden Sonne ins Hotel zurück schleppen, hangeln wir uns in bewährter Manier von Schatten zu Schatten, hegen allerdings die Befürchtung, dass während der wenigen Schritte dazwischen unsere Flip-Flops schmelzen.

Später versuche ich, mithilfe des Plättchens in den Genuss der ersten zehn Nüsse zu kommen, scheitere aber kläglich. Wahrscheinlich muss man damit groß geworden sein, um diese Technik zu beherrschen. Mir bleibt jedenfalls irgendwann nichts anderes übrig, als meine Wanderstiefel anzuziehen, um die Schalen zu zertreten, doch auch das überstehen die hartnäckigen Dinger unbeschadet. Langsam packt mich die Wut, also lege ich einen dicken Reiseführer auf die Nüsse und trampele mit aller Kraft darauf herum, bis es kracht! Hah! Endlich! Wo ein Wille ist, ist auch ein Weg! Leider sind jedoch nicht nur die harten Schalen zerborsten, sondern auch die zarten Nusskerne zermalmt, was den Genuss wiederum etwas trüben könnte. Egal! Gierig koste ich eine Handvoll hastig und somit halbherzig aussortierter Nussbröckchen mit ein paar Schalensplittern und kaue trotzig darauf herum, bis es mir zu gefährlich erscheint, diese scharfkantige Köstlichkeit hinunterzuschlucken. Vorerst vergeht mir der Appetit.

Um abzukühlen, gehen wir ins Schwimmbad im Keller des Hotels. Zwar ist das Wasser mit 28°C lauwarm, jedoch immerhin 10°C kälter als die Lufttemperatur und somit wohltuend erfrischend.

Was hältst Du davon, wenn wir in die kühle Kirche gehen, um mit dem Popen zu sprechen!

Jetzt? Aber sie hat doch gesagt, dass wir morgen früh um halb acht kommen sollen.

Na und? Fühlt sich das gut an?

Na ja, wir müssen uns eben einen Wecker stellen und mit dem Frühstück beeilen.

Fühlt sich das gut an? Ich würde lieber ausschlafen und in Ruhe frühstücken. Und nur, dass eine Frau, die an der ganzen Aktion nicht einmal beteiligt sein wird, so etwas sagt, ist kein hinreichender Grund, dem Folge zu leisten. Du bist 7000 Kilometer weit gereist, um diese Aufgabe zu erfüllen, und ich finde, wir machen das lieber zu unseren Bedingungen als zu deren! Fühlt sich für mich besser an.

Stimmt schon irgendwie, für mich auch.

Also machen wir uns fein - sie selbstverständlich mit farblich zum Minikleid passenden Lippenstift - und gehen durch den schattigen Park zur Kirche. Da zu dieser Zeit keine Zeremonie stattfindet, verzichten wir auf die Schleier und treten ein. Ein junger, sympathischer Pope kommt gerade aus einer kleinen, unscheinbaren Tür direkt neben dem Altar und eilt die Stufen hinunter.

In locker fließendem Russisch trägt sie ihm lächelnd ihr Anliegen vor, welches er nicht nur wohlwollend anhört, sondern offensichtlich auch versteht. Er freut sich, dass man in Deutschland Wert auf Kreuze legt, die in seiner Kirche geweiht sind und versichert, die Weihe gern und umsonst übernehmen zu wollen, wobei er sich die größte Mühe gibt, den freundlichen Blick nicht von schönen Gesicht zu wenden, um keinesfalls versehentlich das Minikleid in Augenschein zu nehmen. Was für ein anständiger, vertrauenswürdiger Pope! Wie viele Tage das denn dauern würde? Das ginge ganz schnell, versichert er und erwartet offenbar keinerlei wie auch immer geartete Unterstützung von ihr. Wann es denn passen würde? Ja, vielleicht am besten jetzt gleich. Sehr gut. Die grenzenlose Erleichterung über das unkomplizierte Procedere ist ihr deutlich anzumerken. Also dann: Unglücklicherweise befinden sich jedoch die beiden Schmuckstücke nicht in der hübschen Handtasche, sondern noch im Safe. Vor lauter Aufregung hat sie sie vergessen. Verflixt! Ob wir sie schnell holen könnten? Es dauere auch höchstens zwanzig Minuten. Das sei überhaupt kein Problem, beruhigt er und verspricht, er werde einfach warten. Was für ein netter Mensch! Schon allein durch sein freundliches Wesen zerstreut alle Befürchtungen hinsichtlich des bevorstehenden Rituals.

Als wir nach einer guten viertel Stunde mit den Kreuzen wieder in die Kirche kommen, ist allerdings niemand zu sehen. Wir warten, ohne dass etwas geschieht in der halbdunklen Stille. Irgendwann entschließe ich mich, an jene Tür auf der Empore neben dem Altar zu klopfen, aus welcher der junge Mann vor einer halbes Stunde gekommen war. Plötzlich keift eine spitzenverschleierte Frau, die hinter einer dunklen Nische hervorhuscht, mit bitterbösen Worten auf uns ein, ohne dass ich die geringste Ahnung habe, was in sie gefahren ist. Da ich weder Russisch noch Kasachisch verstehe, fühle ich mich nicht angesprochen, und klopfe noch einmal höflich an besagte Tür, was die vor den Altarstufen stehende, schimpfende Alte aber nur noch mehr zu empören scheint.

Irgendwann begreifen wir, dass Frauen unter gar keinen Umständen die heiligen Stufen betreten dürfen.

Dann frag sie doch bitte mal, wo wir den Popen suchen könnten, mit dem wir hier verabredet sind.

Die Folge dieser Frage ist eine erneute Steigerung der Lautstärke, der Empörung und des Gezeters, und das, obgleich wir uns an einem heiligen Ort befinden, wo man sich nach meinem Empfinden doch wohl eher eines verhaltenen Tonfalles befleißigen sollte.

Sie sagt, wir sollen sofort verschwinden, und Pope sei ein ganz böses Wort!

Sag ihr, wir hätten das nicht gewusst und nicht die leiseste Absicht, jemanden zu beleidigen, wollten nun aber wirklich wissen, wo wir denn klopfen können, wenn nicht an dieser Tür, denn wir sind extra aus

Deutschland gekommen, um zwei Kreuze für zwei Täuflinge weihen zu lassen. Das muss sie doch kapieren!

Tapfer entschuldigt sie sich und entlockt der nun etwas besänftigten Frau, wo die Herren zu finden sind. Nämlich in einem Nebengebäude.

Aber sie sagt, die dürfen keinesfalls gestört werden. Wir sollen morgen früh wiederkommen. Um halb acht.

Wir bedanken uns höflich, und verlassen die heilige Halle.

Kommt überhaupt nicht in Frage! Abgemacht ist abgemacht. Wir waren zur verabredeten Zeit am verabredeten Ort und jetzt lassen wir die Kreuze weihen. Zu unseren Bedingungen!

Meinst Du?

Oh ja! Jetzt repräsentieren wir nämlich nicht nur achtzig Millionen Deutsche, sondern vor allem ungefähr vierzig Millionen deutsche Frauen!

So langsam beginnt mir das Unterfangen Spaß zu machen. Nachdem wir höflich, aber bestimmt an die Tür des Nebengebäudes geklopft haben, öffnen uns gleich drei Popen, die inzwischen Priester genannt werden sollen, so wie Astana mittlerweile Nur Sultan heißt. Der Bezopfte, ein Unbekannter und der Nette. Dem Ältesten erklären wir unser Anliegen, der Junge erläutert noch hilfreich das ein oder andere Detail und siehe da, behutsam nehmen die Herren die Kreuze in Empfang, bedeuten uns lächelnd, vor der offenen Tür zu warten und verschwinden sodann in einem Hinterzimmer. Alsbald erklingen von dort wunderschöne, mehrstimmige Gesänge, und als diese verklungen sind, kommen die Priester zurück, um ihr feierlich die geweihten Kreuze zu überreichen. Wir bedanken und verabschieden uns herzlich auf Russisch, Deutsch und Englisch, und dann legt sie die kostbaren Stücke sorgsam in ihre Handtasche. Der Bezopfte, der Unbekannte und der junge Nette finden ebenfalls freundliche, wohlwollende Worte und machen den Eindruck, als hätte es auch ihnen Freude bereitet, dieses ungewöhnliche Ansinnen erfolgreich bewältigt zu haben. So einfach kann Ökumene sein.

14

Am folgenden Morgen ziehen wir uns Wanderstiefel an, denn Teddy 619 macht heute mit uns eine Tour in die Berge. Gut gelaunt fahren wir mit runtergekurbelten Scheiben die Serpentinen hinauf, bestaunen die saftigen Wiesen, auf denen unendlich viele duftende Wildblumen wachsen, und die Wälder, über denen Adler langsam ihre Kreise ziehen. Wilde

Pferde trotten über den Asphalt, rupfen das Gras am Straßenrand und niemand käme auf die Idee, sie zu vertreiben. Wie gesagt, die Kasachen lieben diese Tiere. Von der angeregten Unterhaltung der beiden Vornesitzenden verstehe ich kaum etwas, habe aber den Eindruck, dass die Smalltalkphase hinter ihnen liegt. Irgendwann halten wir am Medeu, der auf über 1600 Meter hoch gelegenen, legendären Eisbahn. Hier wurden bereits mehr als 120 Weltrekorde im Eisschnelllauf aufgestellt, und die Almatiner sind unglaublich stolz darauf. Allein laufen wir zwei den Wanderweg aufwärts, der einen herrlichen Ausblick über das gesamte Gelände ermöglicht, wofür ich jedoch kaum Aufmerksamkeit erübrigen kann, weil sie mich jetzt nämlich über den durchaus bemerkenswerten Inhalt ihres Gespräches mit Teddy 619 aufklärt:

Also, er hat gesagt, er täusche sich nicht in mir. Dabei kennt er mich doch gar nicht. Und als ich ihm das gesagt habe, hat er halt alles Mögliche gefragt. Was ich so mache, wie alt ich bin und ob ich einen Freund habe uns so weiter. Und dann hat von sich erzählt, dass er das Taxiunternehmen mit seinem Freund zusammen aufgebaut, dass das sehr gut läuft und so und dass er nun Kinder haben will, weil er so gerne Kinder mag. In Kasachstan brauchen sich die Frauen nur um die Kinder und das Haus zu kümmern und haben ein gutes Leben. Ein richtig, richtig gutes Leben, ganz ohne Sorgen. Sie brauchen nie zu arbeiten, hat er gesagt. Das tun nur die Männer. Die Kasachen sind richtig fleißige Männer. So wie er, hat er gesagt. Aus dem Nichts hat er mit seinem Freund das Taxiunternehmen aufgebaut. Und nun arbeiten sie mit allen großen Hotels in Almaty zusammen. Sie haben über zwanzig

Angestellte. Seine Frau bräuchte niemals zu arbeiten und hätte es sehr gut bei ihm. All so was hat er gesagt und ob ich mir so ein Leben überhaupt vorstellen könnte und so weiter. So ein gutes Leben…

Ich bereue bereits zutiefst, keine wie auch immer geknackten Nüsse in der Hosentasche deponiert zu haben.

Und was hast Du geantwortet? frage ich vorsichtig, wobei ich während des Laufens den Rucksack abnehme und eine Packung Kekse zutage fördere.

Dass die Frauen in Deutschland eine Ausbildung machen, um zu anschließend zu arbeiten, und dass ich das auch will. Nur zu Hause sein käme für mich niemals in Frage, habe ich ihm gesagt, und dann wollte er ganz genau wissen, was ich lerne, weil das ja auch mit Kindern ist und so, und ob ich nicht vielleicht auch anders leben könnte…

Die Kekse sind glücklicherweise mit Nüssen verziert.

Und dann?

Dann habe ich gefragt, ob er eigentlich verheiratet ist.

Ich verschließe den Rucksack, was gar nicht so leicht ist, wenn man gleichzeitig läuft und eine Kekspackung unter den Arm klemmt. Irgendwie gelingt es mir, ihn wieder über die Schultern zu ziehen und auf dem Rücken zurecht zuruckeln.

Und ist er?

Nein.

Ihre Schritte werden größer und schneller, obgleich es ziemlich steil bergauf geht.

Er will mich heiraten!

Endlich ist die Verpackung geöffnet und ich halte ihr die Kekse hin. Sie würdigt sie lediglich eines flüchtigen Seitenblickes, möchte aber keinen. Alarmierend!

Im Stechschritt strebt sie vorwärts. Ich halte mit. In einer Stimmlage, in der eine Mischung aus Irritation und Wut durchklingt, fährt sie fort:

Also was ist denn das jetzt bitte? Ich erkläre ihm, dass ich eine Ausbildung mache und sogar jetzt schon arbeite, weil ich meinen Beruf mag, und dass ich niemals nur Hausfrau und Mutter sein will, und er sagt SOWAS! Hört er mir überhaupt zu? Und weißt Du wie es weiterging?

Sie bleibt stehen und schaut hinunter auf den Medeu und den Parkplatz, auf dem Teddy 619 wartet.

Obgleich ich gerade im Begriff bin, in meinen Keks zu beißen, halte ich schweigend inne und schaue sie gespannt von der Seite an.

Er will auf mich warten.

Wie bitte?

Sie kichert amüsiert:

Er will warten, bis ich zurück nach Kasachstan komme und mich dann heiraten.

Nun wendet sie sich direkt zu mir: *Das kann doch kein Mensch ernst nehmen! Was sagst Du dazu?*

In Ermangelung einer durchdachten Antwort lasse den Keks in meiner Hosentasche verschwinden, nehme den Rucksack langsam wieder ab und stelle ihn zwischen meine Füßen auf den Weg. Während ich mich hinhocke, um die Kekspackung umständlich, aber sorgfältig zu verstauen, formieren sich erste, noch unartikulierte Gedanken in meinem Hirn. Beim Verschließen des Rucksacks, zeichnet sich eine ungefähre, vage Formulierung ab, die dann, als ich ihn im Aufstehen auf meinen Rücken schwinge, endlich die Form von zwei logisch verbundenen Sätzen annimmt:

Tu alles, was sich richtig anfühlt, und lass alles, was sich falsch anfühlt…

Nachdenkliche Stille…

Und was sich nun in ihrem Gesicht spiegelt, werde ich niemals vergessen: Ganz langsam weicht der Ausdruck überrumpelter, empörter Ratlosigkeit dem Blick einer selbstbewussten, lebenslustigen, jungen Frau, die im Begriff ist, herauszufinden, was sie will. Und als ihr das klar wird, beschließt sie, genau das zu tun. Die Anspannung löst sich und sie lacht:

Ich habe ihm genau erklärt, dass ich so ein Leben, wie es ihm vorschwebt, nicht will. Ich werde in einer Woche nach Hause fliegen und dann geht mein Leben in Deutschland weiter. Single bleiben, Stress vermeiden! Dabei bleibt es. Aber, wenn er das nicht verstehen will und trotzdem nicht locker lässt, ist das seine Sache. Das kann ich nicht ernst nehmen. Aber, davon abgesehen ist er eigentlich richtig, richtig nett und ich habe Lust, ihn näher kennen zu lernen.

Zurück am Medeu führt Teddy 619 uns zu einer Quelle, aus der wir eiskaltes, glasklares Wasser trinken und in unsere Flaschen füllen. Weiter geht es die Berge hinauf, vorbei an Jurten, die auf den Wiesen stehen, an Wasserfällen, in denen das Schmelzwasser aus dem schneebedeckten Hochgebirge zwischen Kirgistan und Kasachstan nach Almaty fließt. Oberhalb eines zauberhaft gelegenen Sees steigen wir aus, klettern zwischen Sträuchern und Felsen umher, setzen uns irgendwann ins Gras und genießen die überwältigenden Landschaft Die Luft duftet unbeschreiblich gut nach Kräutern, Kiefern und Schnee. Es ist einfach herrlich!

Als wir später zum Parkplatz zurückkehren, begegnen wir einem Mann, der einen großen Adler auf einem unterarmlangen Lederhandschuh trägt. Für ein paar Tenge gibt er ihr den Handschuh, und der imposante Vogel setzt sich zutraulich auf ihren Arm. Stolz blicken beide in die Kamera.

Auf dem Rückweg in die Stadt diskutieren die zwei Vornesitzenden lachend über alles, was ihnen in den Sinn kommt, und während er sein gediegenes Taxi um die geschwungenen Kurven steuert, zeigt Teddy 619 uns auf seinem Handy Videos von kasachischen Hochzeiten, auf denen es wirklich hoch her geht. Kurz vor der Ankunft im Hotel schlägt er vor, zum Abendessen in ein Restaurant außerhalb von Almaty zu fahren. Er könne uns gegen 19.00 Uhr abholen. Hoffnungsvoll schauen die beiden mich an. Da auch ich geneigt bin, nur zu tun, was sich richtig anfühlt, und alles zu lassen, was sich falsch anfühlt, erkläre ich, lieber ein bisschen schreiben zu wollen an meinem Manuskript über Kasachstan und seine beeindruckenden Menschen, da ich sonst zu viel vergessen könnte. Erwartungsgemäß erhebt sich kein großer Protest, allerdings möchte Teddy wissen, ob er in dem Buch auch eine Rolle spielen werde. Als sie ihm übersetzt, dass es unmöglich sei, den heutigen Ausflug zu beschreiben, ohne ihn zu erwähnen, strahlt er von einem Ohr bis zum anderen. In einer guten Stunde will er sie abholen. Ein Freund werde mitfahren.

Irgendwie beruhigt mich der angekündigte Freund zwar, aber dennoch finde ich es an der Zeit, ein ernstes Wort mit dem jungen Mann zu wechseln. Und zwar unter vier Augen. Während sie auf ihr Zimmer eilt, um sich nach allen Regeln der Kunst zu verhübschen, bemühe ich also den

Googleübersetzer, entlocke ihm meinen Text zunächst jedoch nur in kyrillischer Schrift. Den könnte ich ihm zwar zu lesen geben, aber lieber wäre mir, wenn ich ihn selbst spräche, damit ich den Ton bestimmen kann. Also tippe ich so lange auf meinem Handy herum, bis es nach etlichen Zwischenschritten, die in lateinischen Buchstaben geschriebene Version desselben Wortlautes preisgibt. Na bitte, geht doch! Dann schreibe ich alles sorgfältig ab und lese mir die unbekannten, russischen Wörter so lange laut und langsam vor, bis die Rs rollen und ich mich nicht mehr dauernd verspreche. Bleibt nur noch zu hoffen, dass Google nicht so gravierenden grammatikalischen Murks fabriziert hat, dass der Inhalt verfälscht ist. Nach dieser schweißtreibenden Arbeit bei 36°C im Schatten dusche ich und mache mich ebenfalls fein. Als ich gerade fertig bin, klopft es auch schon. Sie ist ein bildschöner Anblick und ich habe ein gewisses Verständnis dafür, dass Teddy 619 davon träumt, sie zu heiraten.

Sag mal, ab wann soll ich mir Sorgen um Dich machen?

Och, so bis halb fünf kann es schon dauern, wenn ich ausgehe.

Sie lacht übermütig, und ich begreife sehr erleichtert, dass das offensichtlich ein Scherz ist.

Also gut, ab eine Minute nach halb fünf alarmiere ich die Polizei, die deutsche Botschaft und das auswärtige Amt.

Na gib lieber noch zwei Stunden dazu. Sicherheitshalber, kichert sie.

Okay, also warte ich mit der Suchaktion bis Punkt halb sieben. Hast Du Dein Handy dabei? Schreib mal, wenn Du wieder hier bist. Und pass gut auf Dich auf. Tu alles, was sich richtig anfühlt und lass alles,…

… was sich falsch anfühlt. Du weißt, dass Du Dich auf mich verlassen kannst! Beruhigt sie mich. *Außerdem kann ich Karate!*

Kaum sind wir unten angekommen, da biegt auch schon das gediegene Taxi um die Ecke, dem erwartungsfroh der eine und neugierig der zweite Chef des Taxiunternehmens entsteigen. Wie sich das gehört, stellt Teddy 619 mir zunächst seinen Freund vor, der ebenfalls sympathisch und vertrauenerweckend aussieht, bevor er jenen dann mit der Dame seines Herzens bekannt macht. Während die beiden sich begrüßen, bedeute ich ihm, mir zu folgen, was ihn sichtlich irritiert. Da er es sich aber ganz sicher nicht ausgerechnet jetzt mit mir verscherzen will, begleitet er mich artig auf die Terrasse des Restaurants, wo ich meinen

Spickzettel zücke und rezitiere, ohne ihn, also nicht den Zettel, sondern den verliebten Jüngling vor mir, auch nur eine Millisekunde aus den Augen zu lassen:

Sie ist das Kostbarste, was ihre Eltern besitzen. Für drei Wochen haben sie sie mir anvertraut. Jetzt vertraue ich sie Dir an und verlasse mich darauf, dass Du lieb zu ihr bist. Sieh in meine Augen und versprich mir, dass Du sie heil und glücklich zurückbringst.

Teddy 619, der mich ebenfalls nicht aus dem Blick gelassen hat, nimmt meine Hand in seine beiden Hände, drückt sie und macht eine Verbeugung, während er unverständliche russische oder kasachische Worte spricht, von denen ich nur hoffen kann, dass sie eine ehrliche Antwort aufrichtigen Inhalts ausdrücken. Also kommt jetzt mein letzter, mir genauso unverständlicher, googleübersetzter Satz:

Nun wünsche ich Euch viel Freude.

In vollem Vertrauen darauf, sie spätestens morgen früh unversehrt wieder zu sehen, winke ich dem gediegenen Taxi hinterher und setze mich auf die Terrasse, um zu Abend zu essen.

Später schreibe ich noch ein paar Stichworte auf, blättere im Reiseführer und schlafe dabei ein. Um halb drei wache ich auf und schaue auf das Handy. Nichts. Schlagartig bin ich hellwach. War das mit halb fünf vielleicht doch kein Scherz? Hat sie das etwa ernst gemeint? Ein mulmiges Gefühl beschleicht mich. Trotzdem versuche ich mich selbst zu beruhigen: Na ja, wenn sie schon einmal ausgeht... Schließlich ist sie jung. Aber dennoch... Bald dämmere ich ein, wache kurz darauf wieder auf, sehe auf das Handy. Immer noch nichts. Zwanzig nach drei. Unruhig drehe ich mich von einer Seite auf die andere, versuche zu schlafen, schiele immer mal auf das Handy. Nichts. Mittlerweile ist es kurz nach vier. Ich stehe auf, wandere bis halb fünf im Zimmer umher und bekomme einen Heißhunger auf die leckeren Nüsse, die ich blöderweise nicht knacken kann. Da fällt mein Blick auf den Korkenzieher, und ich überlege, ob vielleicht mit diesem Werkzeug den Macadamias beizukommen wäre. Einen Versuch ist es wert und allemal besser, als tatenlos zwischen Tür und Fenster jeweils zwölf Schritte hin und wieder zurück zu gehen. Ich verkeile die Spitze der Spirale in dem Spalt der Nussschale und versuche, ihn zu erweitern. Da ich jedoch nicht nur nervös und übernächtigt, sondern auch eher grobmotorisch veranlagt und bemüht bin, die unschuldige, zarte Nuss nicht zu verletzen, rutscht der Korkenzieher immer wieder ab, ohne dass ich ihr näher komme. Irgendwann kommt mir die Idee, die

Spirale in den Spalt hinein zu drehen, egal, wie die Nuss das findet und tatsächlich gelingt es mir, die Schale aufzubrechen und die Macadamia in drei Bruchstücken heraus zu friemeln. Immerhin. Sie schmeckt geradezu lebensverlängernd gut. Reine Nervennahrung. Mehr davon! Das Handy liegt teilnahmslos auf dem Nachttisch. Nichts! Ich treffe mit mir die Vereinbarung, immer erst nach zehn Nüssen wieder auf das Handy zu schauen. Was ich nicht durchhalte. Acht sind das äußerste. Diese Nacht ist eine der längsten meines Lebens, und das einzig Positive daran ist, dass ich lerne, Macadamias mit einem Korkenzieher zu knacken. Nach dreiundvierzig Nüssen ist es Punkt halb sieben. Fassungslos starre ich auf das Handy. NICHTS! Das darf nicht wahr sein… Mir wird übel. Nicht von den Nüssen. Mein Hirn neigt in Momenten wie diesen dazu, sich in Sekundenschnelle zeitgleich sämtliche schlimmstmöglichen Szenarien detailgetreu auszumalen, was wiederum mein Denkvermögen komplett blockiert. Unfähig, einen sinnvollen Gedanken zu denken, beschließe ich, Schwimmen zu gehen, um einen klaren Kopf zu bekommen. Minuten später durchpflüge ich das Wasser, und mit jeder Bahn nimmt mein Notfallplan Formen an. Zunächst zur Rezeption, dort den Herren klar machen, dass der touristische SuperGAU eingetreten ist, und sie dann zwingen, Teddy 619 über sein Handy orten zu lassen. Falls das nicht gelingt, die Krankenhäuser, die Polizei, die Botschaft und den für verschwundene Touristinnen zuständigen Minister alarmieren. Das Problem ist nur die Verständigung. Aber im Reiseführer ist die Telefonnummer der Deutsch sprechenden Autorin angegeben, und diese freundlich aus dem Klappentext heraus lächelnde Dame wird mir ja wohl helfen. Punkt sieben haste ich tropfend auf das Zimmer, springe in die Jeans, zerre ein T-Shirt über die nassen Haare, werfe einen letzten Blick auf das Handy, NICHTS. Also stürme ich zur Tür hinaus, die Treppen hinunter, bemerke aber auf halbem Weg, dass ich den Reiseführer habe liegen lassen. Also schnell wieder nach oben, Schlüsselkarte in den Schlitz, Tür auf und genau in diesem Augenblick der Ewigkeit macht das Handy *Pling:*

Hatten Autopanne, keinen Handyempfang, sind jetzt im Taxi und fahren ins Hotel. Viel Verkehr.

Hallelujah!

Ist jemand verletzt?, tippe ich mit zitterndem Zeigefinger.

Pling: Keiner verletzt, alles gut, bin gleich da und erzähl Dir alles.

Oh wie wunderbar! War ehrlich gesagt schon langsam etwas unruhig geworden. Dann warte ich mit dem Frühstück auf Dich.

Eine geschlagene Stunde und achtundzwanzig Macadamias später klopft es. Ich reiße die Tür auf, sie stolpert lachend ins Zimmer und ich schließe sie so fest in die Arme, dass sie vermutlich den Eindruck hat, ich wolle sie am liebsten nie wieder loslassen.

Es tut mir sooooooo Leid, auf dem Rückweg vom Restaurant lief ein Pferd über die Straße und Teddys Freund hat versucht auszuweichen. Dabei ist er von der Straße abgerutscht und unter dem Auto ist irgendwas aufgerissen. Wir haben versucht das Auto wieder auf die Straße zu kriegen, aber das ging nicht. Wir konnten niemanden anrufen, weil da ein Funkloch war. Und dann hielt irgendwann einer an, der hat versucht uns zu helfen, mein Kleid hat nun ein paar Ölflecken, weil wir zu viert von unten geschoben und gehoben haben, aber es hat alles nichts genützt. Wir haben das Auto einfach nicht wieder hoch gekriegt, weil es so schräg hing. Es war zu schwer. Und dann hat der, der angehalten hatte, gesagt, er fährt zur Tankstelle und schickt uns jemanden, der uns da rausziehen kann. Er selbst konnte das nicht, weil er nur ein kleines, klapperiges Auto hatte. Da musste jemand mit einem größeren Auto helfen. Und dann ist der weggefahren. Aber es kam keiner. Und dann war es auch schon so spät, dass auf der Straße auch keiner mehr fuhr, das war ja außerhalb der Stadt, und ziemlich abgelegen. Und dann ist Teddys Freund zu Fuß losgegangen, um Hilfe zu holen, er wollte bis zur nächsten Tankstelle laufen, oder bis er wieder Empfang hatte und einen aus der Taxifirma anrufen könnte. Und da musste er ziemlich lange laufen. Und wir haben am Auto gewartet. Und dann kam endlich einer aus der Firma mit einem großen Taxi, so wie 619, und hat den Freund abgeholt, und dann sind sie zu uns gekommen, haben versucht uns wieder auf die Straße zu ziehen, was total schwierig war, weil ja nicht noch mehr kaputt gehen sollte, und dann mussten sie das erst einigermaßen heil machen, bevor der Freund dann damit in die Werkstatt gefahren ist und wir mit dem Taxi zur Firma, weil der andere Fahrer Leute zum Flughafen bringen musste, und dann sind wir so schnell wie es geht hierher gefahren.

Gut gemacht! Alles gut und richtig gemacht! Und die Ölflecken aus Deinem Kleid bekommen wir mit Galseife raus. Mach Dir keine Sorgen.

15

Erst bei unserem ausführlichen Frühstück bemerke ich, dass sie keine Brille auf hat.

Die ist runtergefallen, als wir von der Straße abkamen, und wir haben sie im Dunkeln noch nicht wiedergefunden. Aber Teddy will heute bei Tageslicht noch einmal alles durchsuchen und mir schreiben, wenn er sie gefunden hat.

Kannst Du denn auf dem Handy ohne Brille lesen?

Ja, das erkenne ich, alles andere ist unscharf. Du musst mich ein bisschen führen, denn wir müssen heute endlich das Denkmal der 28 Panfilov-Gardesoldaten finden. Es muss ganz in der Nähe der Kirche sein. Ich versteh überhaupt nicht, dass wir noch nicht darüber gestolpert sind. Teddy hat auch gelacht, als ich ihn gefragt habe, wo das genau ist und meinte, dass es unmöglich sei, es zu verfehlen.

Tatsächlich sind wir in den letzten Tagen immer wieder in dem schönen, schattigen Park umhergeirrt, ohne zu diesem Denkmal vorzustoßen.

Heute werden wir es finden, verspreche ich. *Wir haben schon ganz andere Probleme bewältigt! Verlass Dich drauf.*

Stimmt! Und dann werden wir es fotografieren. Für meine Eltern. Es gibt nämlich ein Foto, auf dem meine Mutter als junge Frau vor genau diesem Denkmal steht, und nun wünschen sich meine Eltern genau so ein Bild von mir.

Na ja, das Denkmal der 28 Soldaten soll ja riesig sein. Das wirst Du ja wohl auch ohne die Brille erkennen.

Dann lässt sie sich von mir durch den weitläufigen Park führen, der von duftenden Pinien beschattet ist. Nach vielem Fragen, Suchen und gutgemeinten Hinweisen in die verschiedensten Richtungen stehen wir endlich direkt davor an der ewigen Flamme, aber sie kann es nur vage erkennen.

Mach Dir nichts draus. Ich fotografiere Dich davor und Du schaust es Dir auf dem Handy an, versuche ich sie zu trösten.

Coole Idee. Hätte ich Dir gar nicht zugetraut, schmunzelt sie anerkennend.

Das ungefähr siebzehn Meter hohe und dreiundzwanzig Meter breite Denkmal zeigt die ausdrucksstarken Skulpturen der tapferen Kerle, die sich während des zweiten Weltkrieges fünfzig deutschen Panzern in den Weg stellten, und dafür mit dem Leben bezahlten. Die Panzer wurden samt

Insassen ebenfalls vernichtet, und während ich die Gesichter der jungen Männer betrachte, die einem Befehl gehorchen mussten, weil Krawattenträger Gefallen daran gefunden hatten, einen Krieg anzuzetteln, frage ich mich, wie wohl ein Denkmal aussehen könnte, das jene Helden ehrt, die, ebenfalls auf Befehl, anstelle der Verantwortlichen in Tschernobyl für den Rest der Menschheit aufräumen mussten.

Ich positioniere sie vor der ewigen Flamme, von wo aus sie in die Kamera lächelt. Anschließend schaut sie mit großem Interesse das Foto an.

Sind die groß! Dagegen bin ich ja winzig!

Wofür doch Handys gut sind! Einen Augenblick später plingt es und die höchst erfreuliche Nachricht trifft ein, dass Teddy die Brille in 619 zwischen den Sitzen wiedergefunden hat und so schnell wie möglich ins Hotel bringen wird. Auf dem Rückweg dorthin spitzt sie plötzlich die Ohren, als ein paar Meter weiter alter Mann auf einem Klappstuhl ein Akkordeon zu spielen beginnt. Offensichtlich kennt sie die schöne Melodie, denn sie beginnt nicht nur mitzusingen, sondern auch in vollkommen natürlicher, ungezwungener Anmut, dazu zu tanzen, was wiederum den Musikanten erfreut, der nun strahlend ein Lied nach dem anderen für uns spielt. Die Begegnung dieser beiden sich vollkommen fremden, und doch über die Musik vertrauten Menschen mitten im Park unter den duftenden Pinien ist ein wundervoller Anblick. Wieder so ein kostbarer Augenblick für meine Sammlung.

Im Hotel wartet Teddy 619 bereits mit der wiedergefundenen Brille an der Rezeption, sodass wir unsere Besichtigungstour ungehindert fortsetzen können. Er fährt uns zum Nationalmuseum, das im

Wesentlichen demjenigen in Astana gleicht, jedoch eine kleine, aber feine anthropologische Ausstellung bietet, und die interessiert uns, denn nicht nur wir sehen hier anders aus. Auch die Kasachen sehen für uns irgendwie anders aus. Wir können sie nicht einordnen. Nicht chinesisch, nicht japanisch, nicht mongolisch... Und nun wollen wir endlich wissen, wer sie sind, also lösen wir die entsprechenden Tickets. Das wiederum entzückt die Dame an der Kasse so sehr, zumal nur die wenigsten Besucher wissen wollen, welche Völker sich in Kasachstan wann getummelt haben, dass sie eine Professorin herbeiruft, deren Spezialgebiet ebendieses Thema ist. Die reizende Dame führt und belehrt uns, und zwar über alle, die seit der Steinzeit kasachischen Boden betreten haben, seien es nun Nomaden, Siedler oder Eroberer welcher Herkunft auch immer. Sie spricht erheblich besseres Englisch als wir, spart nicht mit Fachausdrücken und wir geben uns die größte Mühe, ihr zu folgen und uns der Ehre, die uns hier zuteilwird, als würdig zu erweisen. Das Problem besteht allerdings darin, dass mit Sicherheit seit Monaten, vielleicht auch seit Jahren kein Hauch frische Luft in diesen Raum gelangt ist, was unsere Auffassungsgabe zunehmend beeinträchtigt. Vage bekomme ich gegen Ende mit, dass die Kasachen allen Einflüssen und Eroberungen von außen zum Trotz dort geblieben sind, wo sie sich wohlfühlten und nur das in ihr Leben integriert haben, was sie gebrauchen konnten. Zu 36 Prozent seien sie noch kasachisch, die restlichen Gene eine bunte Mischung aller, die jemals zwischen Ost und West auf der alten Seidenstraße unterwegs waren…

Später fahren wir in ein klimatisiertes Einkaufszentrum, wo die

Sauerstoffversorgung erheblich besser ist, genehmigen uns bei McDonald´s, den die Kasachen glücklicherweise ebenfalls in ihr Leben integriert haben, einen Milchkaffee und ein Eis nach meinem Geschmack, das ich digital selbstständig erwerbe, ohne mit irgendwem auch nur ein einziges gesprochenes Wort zu wechseln. Nicht ohne Stolz balanciere ich mein Tablett so lässig wie möglich an einen freienTisch. Zwar starren mich die freundlichen Menschen auch hier mit unverhohlener Neugier an, aber an meiner neotechnischen Tollpatschigkeit liegt es keinesfalls!.

Als ich allerdings den Eislöffel suche, werde ich nicht fündig.

Verflixt! Was nützt die ganze Hightec-Bestellung, wenn man mir keinen Löffel gibt?

Wieso? Der steckt doch im Eis… kichert sie amüsiert.

Wo? Verständnislos schaue ich auf die vor meinen Augen dahinschmelzende Köstlichkeit. Lediglich so eine Art Miniobelisk mit dem McDonald´s-Zeichen ragt daraus hervor.

Sie lacht sich kringelig.

Das ist ein Löffel! So sehen die heutzutage aus!

Und schon zückt sie ihr Handy, um zu filmen, wie ich den kleinen Plastikobelisken herausziehe und zu ergründen versuche, welches Ende man zum Mund führt. Am besten wohl das, von dem jetzt das Eis tropft.

Okay, das kriege ich nun auch noch hin. Kann ja wohl nicht komplizierter sein, als mit Stäbchen zu essen.

Unter den wohlwollenden Blicken der mich Beobachtenden, verspeise ich mit diesem futuristischen Werkzeug entschlossen und ohne zu kleckern das Eis meiner Wahl und kann nur sagen: *Fkusna!*

16

Unseren letzten Abend verbringen wir bei tropischen Temperaturen in einer Fußgängerzone, wo sich ganze Großfamilien vergnügen, die mit Kind und Kegel herum bummeln und den Straßenmusikanten zuhören oder plaudernd auf Restaurantterrassen und in den Biergärten sitzen. Auf einer der vielen Bänke finden wir einen Platz, lassen die Lebendigkeit dieser zauberhaften Stadt auf uns wirken und die vielen Eindrücke unserer Reise sacken. Lange sitzen wir einfach so da, sehen den fröhlich flanierenden Menschen zu, die vorbeitreiben... Über uns glitzern die Sterne, um uns herum erklingt aus allen Richtungen schöne Musik. Verliebte Paare schlendern Hand in Hand vorüber. Sie sitzt neben mir, träumt, singt und erzählt...

Weißt Du, seit ich im letzten Jahr mit meinem Opa in Turgenevka war, habe ich zu Hause jeden einzelnen Tag davon geträumt, wieder nach Kasachstan zu reisen. Meine Sehnsucht war so groß, das kannst Du Dir gar nicht vorstellen. Und nun sind wir tatsächlich zusammen hier. Das bedeutet mir so viel…

Was genau bedeutet Dir viel?

Sie überlegt eine Weile. Ein Springbrunnen in der Nähe plätschert und ein paar Jugendliche setzen sich auf den Rand. Sie lassen ihre Füße ins kühlende Wasser baumeln.

Ich bin tiefer eingestiegen in das Land, in die Landschaft und in meine Familie, die ich jetzt viel besser kenne, und in das Dorf und in das Haus, in dem ich geboren bin… in dem meine Eltern und meine Großeltern gelebt haben… in dem mein Onkel gestorben ist… in dem mein Bruder aufgewachsen ist… Ich kann mir jetzt viel besser vorstellen, wie wir hier gelebt haben, und ich verstehe, warum meine Eltern nach Deutschland wollten… Ich bin ihnen so dankbar für die Möglichkeiten, die sie meinem Bruder und mir dadurch eröffnet haben… Hier wäre ich wahrscheinlich Bäuerin geworden. Und das hätte mir auch richtig, richtig Spaß gemacht, aber ich wäre vielleicht niemals aus Turgenevka hinausgekommen. So wie Kolja und Lena. In Deutschland kann ich viel mehr aus meinem Leben machen. Da lebe ich im Wohlstand und habe alle Freiheiten. Von dort aus kann ich mir die Welt anschauen… reisen, wohin ich will. Diese Reise war so etwas wertvolles, was ich in meinem ganzen Leben nicht vergessen werde. Ich danke Dir vom ganzen Herzen, dass Du an jenem Novemberabend zugestimmt hast, mit mir nach Kasachstan zu fliegen. Wir haben gemeinsam sosososo viel erlebt, neues gesehen und unglaublich viel Spaß gehabt. Wir hatten Situationen, an die keiner in Deutschland überhaupt denken würde, zum Beispiel die Viper neben uns, die Zigeunerin, die lange, harte Nacht voller Sorgen, wie man eine Nuss ohne Nussknacker aufknackt, ob man sich lieber abends oder morgens duscht, weil das Wasser zu kalt sein könnte, oder wie man viel Geschirr mit ganz wenig Wasser abwäscht und noch viele weitere. Wie wir beide festgestellt haben, haben wir in den drei Wochen so viel voneinander gelernt, wie sonst von keinem in so kurzer Zeit. Ich danke Dir auch genauso für unsere langen, tiefsinnigen Gespräche, die wir geführt haben und natürlich auch für Dein Vertrauen. Wir kennen uns schon eine lange Zeit, aber in diesem Urlaub haben wir uns noch viel mehr kennengelernt. Ich bin froh darüber, eine so gute Freundin wie Dich zu haben. Ich danke Dir einfach für alles.

Und dass Du mir klar gemacht hast, wie ich zu meinen Bedingungen leben kann, wenn ich das tue, was sich richtig anfühlt und das lasse, was sich falsch anfühlt, und dass ich so beten kann, wie ich das will und keiner mir da reinreden darf. Dass ich frei bin… Und was für eine Verantwortung es ist, achtzig Millionen Deutsche zu vertreten…

Und dadurch, dass ich alles übersetzt habe, weil Du ja kein Russisch kannst, habe ich viel mehr Selbstvertrauen und Selbstbewusstsein bekommen. Ich weiß jetzt, was ich kann. Und ich weiß jetzt, wer ich bin: Ich bin Kyra Held aus Turgenevka in Kasachstan, und ich bin stolz darauf, aus diesem wunderbaren Land zu kommen.

Was für ein Augenblick…

So gerne würde ich ihr jetzt antworten, ihr sagen, wie dankbar ich ihr bin, dass sie mich mitgenommen hat in dieses herrlich weite, nach Steppe duftende Land, zu ihrer Familie, zu diesen unfassbar bescheidenen, charakterstarken Helden ohne t, die mit wirklich allen Herausforderungen fertig werden. Dafür, dass ich miterleben durfte, wie sie anfing, nach ihren Wurzeln zu graben, wie sie sich mutig eine Frage nach der anderen gestellt und dann grundehrliche Antworten gesucht und gefunden hat, Antworten, die von ungewöhnlicher Reife und innerer Stärke zeugen. So viel habe ich von ihr in diesen drei Wochen gelernt, für so vieles würde ich mich jetzt gern bei ihr bedanken, aber meine Augen schwimmen, was sie hoffentlich nicht sieht in der Dunkelheit, und außerdem singt sie bereits wieder verträumt vor sich hin.

Also werde ich ein Buch schreiben. Ein Buch für ihren Onkel, der in

Tschernobyl aufgeräumt hat für den Rest der Welt, der das nicht weiß und nun endlich erfahren soll, für die Familie Held ohne t und für alle Russlanddeutschen, aber ganz besonders für sie. Für Kyra Held aus Turgenevka in Kasachstan, die stolz darauf ist, in diesem wunderbaren Land geboren zu sein.

Früh am nächsten Morgen fährt Teddy 619, der einen etwas übermüdeten Eindruck macht, uns zum Flughafen. Aus den Lautsprechern erklingen jene inzwischen bekannten Lieder von der Liebe und vom Leben, die uns für immer an Almaty erinnern werden. Die beiden unterhalten sich, und obgleich ich kein Wort verstehe, spüre ich, dass auf einmal besondere Schwingungen brisanter Gesprächsfetzen durch die Luft flirren. Seine Stimme wird so leidenschaftlich und verträumt wie seine Blicke, sie hingegen schaut ungläubig amüsiert und fängt plötzlich an, herzlich und glockenhell zu lachen, lacht so frei und ansteckend, dass auch er irgendwann mitlachen muss…

Nachdem Teddy 619 unser Gepäck aus dem gediegenen Taxi gewuchtet hat, nimmt er meine Hand in seine beiden Hände und verabschiedet sich mit vielen, freundlichen Worten, von denen ich kein einziges verstehe. Anschließend ergreift er ihre Hand, hält sie so lange wie möglich in seinen Händen fest und lässt sie erst dann notgedrungen los, als wir nun wirklich einchecken müssen. Sie nimmt lächelnd ihr Gepäck und geht, ohne sich noch einmal umzusehen, durch die Drehtür in das Flughafengebäude. Nachdem wir die Koffer aufgegeben haben, kaufen wir von den letzten Münzen unseres Spielgeldes ein allerletztes Eis und setzen uns in die Abflughalle.

Er hat mich gefragt, ob ich gut geschlafen hätte. Was ich habe. Da sagte er, dass er das gemerkt hat.

Wie das denn?

Habe ich ihn auch gefragt. Er hat heute Nacht um drei an meine Tür geklopft.

Wie bitte?

Habe ich auch gefragt.

Genüsslich leckt sie an ihrem Eis.

Und warum, wenn ich fragen darf?

Weil er gehofft hatte, dass ich es mir anders überlegt hätte und ihn vielleicht doch heiraten würde. Und dann hatte er sich weiterhin gedacht, wir könnten doch vielleicht noch einen klitzekleinen Sohn zeugen, bevor ich abreise, und den würde er dann in Deutschland abholen und mich bei dieser Gelegenheit nach Kasachstan entführen und heiraten.

Das Schokoladeneis tropft auf mein letztes sauberes T-Shirt. Sie fängt an zu kichern, zu lachen und dann lachen wir beide, lachen und lachen, bis uns die Tränen über die Wangen laufen. Allmählich habe ich das Gefühl, dass es höchste Zeit wird abzureisen…

Neben mir im Flugzeug sitzt eine bildschöne, junge Frau mit einer zauberhaften Frisur, die sie sich in Kasachstan hat machen lassen, weil das die deutschen Frisöre so nie hinbekommen würden. Fasziniert schaut sie aus dem kleinen ovalen Fenster und kann einfach nicht fassen, wie sich das tonnenschwere Flugzeug in die Luft erhebt.

Noch dazu mit allem, was wir hier erbeutet haben! Überleg doch mal: Für Dich zwei Haarspangen, sechs Seidenschals, zwei Kamelwolle-Seidenschals, vier Paar Kamelwoll-Kasachen-Puschen, zwei davon mit gebogenen Nasen, einen Kasachen-Mantel, zwei T-Shirts, eine Tüte indischen Safran, ein Kilo kleine, getrocknete Feigen, einen Beutel

Macadamias, eine Kasachen-Mütze, zwei Kasachen-Käppis, Pistazienmehl, Erdnussmehl, Mandelmehl, Sesam-Kekse, Nuss-Kekse, einen Holz-Kamm, eine funktionsunfähige Pinzette samt Etuie mit Nagelpflege- Krimskrams und ein Schulheft. Für mich drei Flaschen Shampoo, zwei Ketten, zwei Kreuze, ein Kofferschloss, zehn Tafeln Schokolade, drei Sorten Honig, Lebensmittelfarben, Backzutaten, Vanillezucker, zwei T-Shirts, einen Rucksack und einen Sonnenhut. Da fällt mir übrigens ein, was wir nicht gekauft haben, obwohl wir das eigentlich wollten. Einen Ring, Gewürzgurken-Chips, das besondere Frisör-Shampoo und das Haar-Glättungs-Gel. Und wir haben nicht geschafft, alle Eissorten zu probieren, und, ooohjeeee, die Fischpediküre haben wir auch nicht mehr hingekriegt. Totaaaaal vergessen! Wir werden wohl nächstes Jahr wieder in

Kasachstan Urlaub machen müssen, um das alles zu erledigen und zu besorgen!

Sie wirft mir eine ihrer strahlenden *Nur-dass-das-schon-mal-klar-ist-Blicke* zu.

Aber immerhin haben wir genau 3.278 Fotos, 64 Videos und jede Mengen gute Musik aufgenommen!, ergänzt sie zufrieden.

Wir fliegen über die endlose Steppe zurück nach Hause.

Weißt Du was?

Sie nimmt ihr Handy und macht ein Foto von der grenzenlosen Weite unter uns Nummer 3.279…

Ich werde Dir ein Fotobuch machen. Das kann man am Computer genauso zusammenstellen, wie man möchte… Und wenn Dich mal die Sehnsucht packt, oder Du mal etwas brauchst, was Dich wieder zum Lachen bringt, kannst Du Dir ein Eis schnappen und Dich erneut auf die Reise mit dem Album begeben oder einfach nur daran zurückdenken. Ich habe nämlich mal von jemandem gehört, dass man Momente sammeln und diese Erinnerungen zu jeder Zeit wieder abrufen kann. In den einzelnen Augenblicken befinden wir uns schließlich irgendwie auch im Jetzt, denn was ist schon die Zeit…? Die Momente dauern nämlich bis in die Ewigkeit an, wenn wir das wollen…